KB083256

마이 룰

MAKE YOUR RULE

마이 룰

MAKE YOUR RULE

히스이 고타로·다키모토 요헤이 지음 | 김미형 옮김

엘리

차례

타인의 룰은 나를 구속하지만
나의 룰은 나를 자유롭게 한다

머리말

애플 창업자 스티브 잡스에게 배우는 룰

/

검은 터틀넥만 입는다

마이 룰 = 나만의 미학.

나만의 미학은, 내게 있어 진정한 행복이 무엇인지를 깨달았을 때 생겨납니다.

당신은 무엇을 위해 일을 하나요?

돈을 위해서인가요? 생활을 위해서인가요?

애플 창업자, 스티브 잡스.

그는 돈을 위해 일을 하지는 않았습니다.

그래서 한 번 떠났던 애플에 다시 돌아왔을 때, 그가 회사에 요구한 연봉은 1달러였습니다. 일 년 동안 약 100엔을 받았다는 말입니다. 매월 1엔짜리 여덟 장, 8엔의 월급이지요. (웃음)

그렇다면 잡스는 무엇을 위해 일했는가?

바로 '세상에 충격을 주기 위해서'입니다.

처음 매킨토시가 완성되었을 때, 잡스는 펜을 꺼내 팀원들에게 서명을 하라고 합니다. 마흔여섯 명의 서명은 빠짐없이 매킨토시 안쪽에 새겨졌습니다.

잡스는 생각했습니다.

'아티스트라면 자신의 작품에 서명을 하는 법이다.'

잡스에게 일이란 돈을 벌기 위한 수단이 아니었습니다.

일이란 팀원들과 함께 '세상에 충격을 주는 것', 그런 마음으로 만들어진 모든 것은 그에게는 '작품'이었습니다.

컴퓨터 안쪽, 부품이 끼워진 기반은 밖에서는 보이지 않습니다. 그러나 눈에 보이지 않는 것에 이르기까지 아름다움을 추구했던 잡스. "사람들이 컴퓨터 안을 들여다보는 것도 아닌데 무슨 의미가 있겠느냐"는 식으로 반론한 엔지니어도 있었지만, 잡스는 말했지요. "가능한 한 아름다웠으면 좋겠습니다. 그게 비록 컴퓨터 안이라 하더라도."

세상에 충격을 주는 것이 삶의 목표였던 잡스는 이런 말도 했습니다.

"내가 일을 하는 이유는
애플 경영을 잘하기 위해서가 아니다.
나는 최고의 컴퓨터를 만들기 위해 일을 한다."

'최고의 컴퓨터를 만드는 것'이야말로 잡스의 인생에서 최우선 사항이었습니다. 그리고 스티브 잡스는 그 목표를 위해 언제나 검은색 터틀넥을 입었습니다.

검은색 터틀넥, 리바이스 청바지, 뉴발란스 운동화.

매일매일 똑같은 차림이었습니다.

그의 삶의 목표가 '세상에 충격을 주는 것'이었기 때문입니다.

그 목표를 위해 잡스는 자신의 인생에서 '겉치레에 대해 생각할 시간'을 없앤 것입니다.

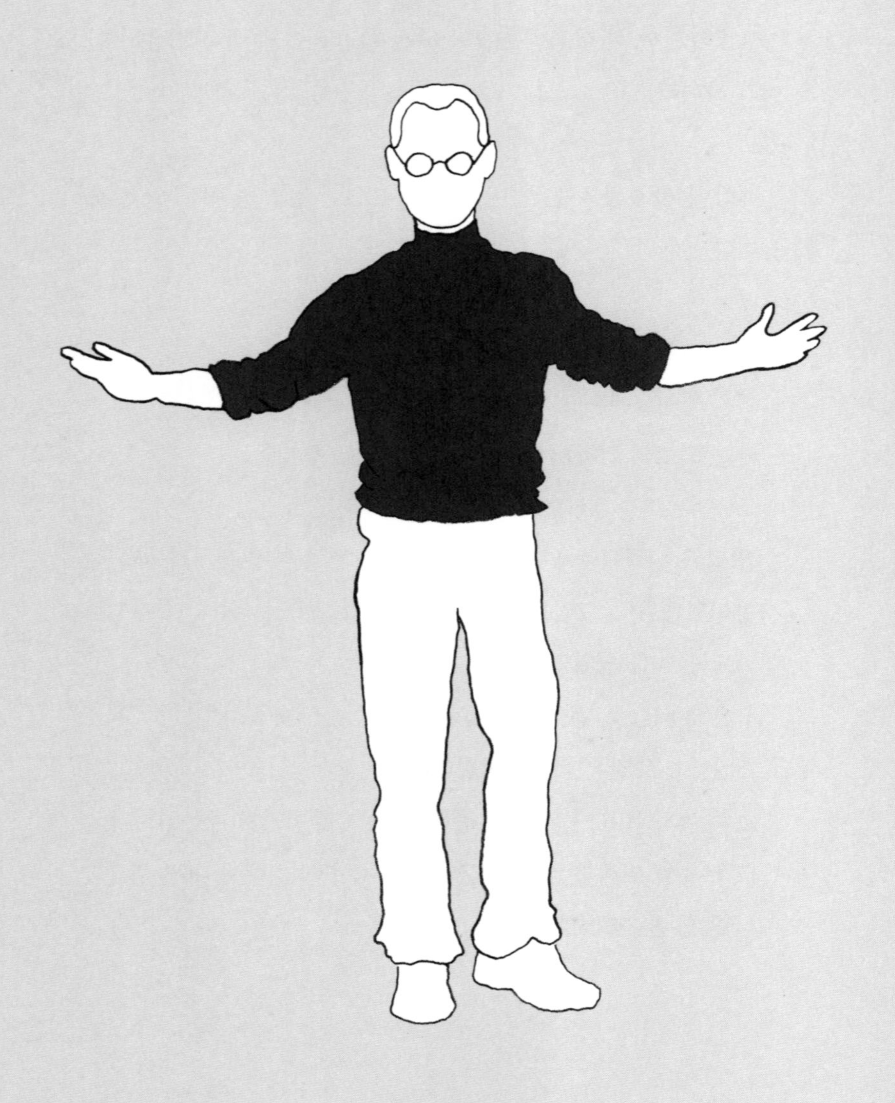

그럴 시간이 있다면 세상에 충격을 주는 일에 할애하겠다, 그의 옷차림은 그런 의지의 표현이었습니다.

잡스에게는 중요한 결정 사항이 많았습니다. 그 시간을 위해, 자기에게 덜 중요한 것들은 제외시켰습니다. 자신에게 무엇이 가장 중요한지 알 수 있다면, 자신에게 중요하지 않은 것 또한 금세 알 수 있습니다.

"무엇을 할 것인가뿐 아니라
무엇을 하지 않을 것인가에 대해서도 나는 긍지가 있다.
무엇을 하지 않을지 결정하는 것은
무엇을 할지 결정하는 것과 마찬가지로 중요하다."

실은 잡스가 매일 입던 검은색 터틀넥은 '잇세이 미야케'였습니다. 잡스의 몸 사이즈를 꼼꼼히 재고 어깨와 양팔 길이를 꼭 맞춘, 특별주문 제작품이었지요. 처음 주문한 수량이 50벌이라는 말도 있고 100벌이라는 말도 있습니다. 그러니 매일 검은색 터틀넥만 입었다지만, 똑같은 옷을 여러 벌 갖고 있었던 것입니다.

왜 그 브랜드였냐고요?

잡스가 소니 공장을 방문했을 때, 사원들이 '잇세이 미야케'가 디자인한 재킷을 입고 있는 걸 보고 유니폼이야말로 회사와 사원들을 이어주는 끈이라는 생각을 했다고 합니다. 그리고 애플에도 필요하겠다 싶어 애플용 디자인을 의뢰한 게 계기였다는군요. 애플에서는 결국 유니폼을 채택하지 않았지만, 잡스는 자신의 유니폼을 갖게 된 셈입니다.

마이 룰.
내게 진정한 행복이 무엇인지, 나는 무엇을 가장 소중히 하고 싶은지가 명확해졌을 때 생겨나는 나만의 미학.

'마이 룰'은 나에게 가장 소중한 것을 가장 소중히 지키기 위한 나만의 룰입니다.
가장 소중한 것을 가장 소중히 지켜내는 것, 그것이 바로 '행복'입니다.
가장 소중한 것을 가장 소중히 지켜낼 수만 있다면 인생에서 후회가 사라지게 됩니다.

의사이자 작가인 디팩 초프라에 의하면, 사람은 하루에 6만 번이나 잡념에 사로잡힌다고 합니다.

지금부터 일 분 동안 아무 생각도 하지 말아보세요.

어떤가요? 겨우 일 분 사이에도 잡다한 생각들이 떠오르지요?

우리는 무의식중에도 6만 번이나 과거를 후회하고 미래를 염려합니다. 한 시간에 2500번이나 쓸데없는 생각을 합니다.

게다가 그 90퍼센트는 어제와 똑같은 고민들입니다.

행복한 사람과 불행한 사람의 차이는 바로 여기에 있습니다.

행복한 사람은 자기가 어떻게 살고 싶은지,
무엇을 최우선으로 삼고 살아가고 싶은지가 명확합니다.
때문에 언제나 그것에 의식을 집중할 수가 있습니다.

우리 모두에게는 하루에 6만 개라는 의식의 화살이 있습니다.
불행한 사람은 그 6만 개의 화살을 아무 데나 쏘아댑니다.
행복한 사람은 자신의 목표를 향해 그 화살들을 조준합니다.
차이는 그뿐입니다.

묻겠습니다.
"당신에게 진정한 행복이란 무엇입니까?"

이 물음에 곧바로 대답할 수 없다면, 당신은 자신의 인생을 진지하게 돌아볼 필요가 있습니다.

행선지를 정하지 않고서는 표를 살 수 없습니다.

표가 없는데 가고 싶은 곳에 도달할 수 있을까요?

별똥별을 보며 소원을 빌기 위해선, 별똥별이 떨어지는 바로 그 순간 소원을 빌 수 있을 만큼, 자신의 소원이 무엇인지 분명히 알고 있어야 합니다.

마이 룰이란, 진정한 행복을 실현하기 위한 나만의 미학. 나만의 발견. 마이 룰이 있으면 '하지 않을 것'이 분명해집니다.

헤매지 않게 됩니다.

이 책에는 '인생의 달인들' '이상하지만 멋진 사람들' '이상하지만 재미있는 사람들'의 인생 미학이 풍성하게 담겨 있습니다.

이들의 룰이, 당신이 진정한 행복을 찾아가는 데 도움이 되기를 바랍니다. 이들의 룰이, 당신이 그 행복을 실현하기 위해 무엇을 최우선에 두고 살아갈지 생각해보는 계기가 되기를 바랍니다.

모든 것은, 자기 앞의 생을 최고로 즐기기 위해!

각 장의 마지막에는 여러분에게 던지는 '질문미션'이 있습니다. 이 '질문'에 진지하게 마주하며 끝까지 읽어나간다면, 이 책을 덮을 즈음에는 당신의 인생 곳곳에 달인들의 발견이 새겨지게 될 것입니다. 좋은 질문은 삶의 질을 끌어올립니다.

그리고 마지막으로 당신만의 룰을 써주세요.

그렇습니다, 이 책은 당신의 행복을 명확히 하고, 당신만의 미학을 만들기 위한 과정입니다. 각 장의 마지막에 메모난이 있습니다. 생각나는 것들, 해야겠다고 떠오르는 것들을, 아무리 사소한 것이라도 좋으니 적어보세요. 당신이 진정 행복하게 살아가는 데 가장 중요한 메시지가 될 것입니다.

글은 '관점이 바뀌면 세상이 바뀐다'는 마음으로 책을 쓰는 저, 히스이 고타로와 편집자 다키모토 요헤이가 맡았습니다. 그는 수많은 책을 세상에 낸 베테랑 편집자이자 야외 페스티벌 '여행 축제'를 조직하면서 인생의 달인들과 교류하는 저의 좋은 동료입니다.

둘이 함께 당신의 심장을 뛰게 만들고 싶어 힘을 모았습니다.

자, 그럼 시작할까요?

마이 룰을 갖자.

가장 소중한 것을 가장 소중히 지키기 위해.

마이 룰을 갖자.

헤매지 않고 나의 인생에 매진하기 위해.

마이 룰을 갖자.

인생의 마지막 날에, '힘껏 살았다'고 당당히 말하기 위해.

The Mission

잡스는 세상에 충격을 주기 위해
매일 아침 무슨 옷을 입을지 생각하는 시간을 없앴습니다.
당신은 무엇을 없애겠습니까?
당신의 인생에서 있어도 그만, 없어도 그만인 것은 무엇인가요?
인생의 미학이란 '무엇을 하지 않을 것인가'를
정하는 일일지도 모릅니다.

'재미'법인 대표 야나사와 다이스케에게 배우는 룰

/

만화 같은가?

재미법인 카약KAYAC

이 회사는 뭐든지 다 재미있습니다.

예를 들어, 매월 월급날 전에 모두 모여 주사위를 던집니다.

주사위를 던져서 월급이 결정되는 '주사위 급료 제도'를 시행하고 있거든요.

'월급 × (주사위 눈)%'가 플러스 알파로 지급된답니다. 예를 들어 월급이 30만 엔인 사람이 던진 주사위 눈에 6이 나왔다면 30만 엔 × 6% = 1만 8천

엔을 월급에 더해 받을 수 있는 거지요.

뿐만 아닙니다. 여행하면서 일을 병행할 수 있는 '여행하는 지사'라는 제도가 있습니다. 한 해에 2~3개월로 기간을 한정해 국내외 일해보고 싶은 곳에 임시 사무실을 둘 수 있다고 합니다.

일과 놀이의 콜라보.

이러한 일관된 스타일이 즐겁게 일할 수 있는 동기를 부여해줍니다. 카약은 웹이나 어플, 게임 등을 기획·개발·운용하는 회사입니다만, 경영 이념에 맞기만 하면 무엇이든 다 허용합니다.

경영 이념은 한마디로 '만드는 사람을 늘린다'.

세상에 만드는 사람을 한 사람이라도 더 늘림으로써 카약은 사회에 공헌을 합니다.

크리에이터 지원은 물론, 만드는 걸 잊어버린 사람들이 다시금 만드는 기쁨에 눈뜰 수 있게 하는 것이 그들의 목표입니다.

만들지 않는 사람들을 만드는 사람들로 바꾼다면, 세상은 더욱 재미난 곳이 될 테니까요.

제가다키모토 카약 대표이사인 야나사와 다이스케 씨를 처음 만난 것은 모 출판사에서 마련한 술자리에서였습니다.

당시 저는 대학을 갓 졸업한 신입사원이었고 네 살 위인 야나 씨가 대표이사를 맡은 카약은 겨우 두 손으로 꼽을 수 있을 만큼의 사원을 둔 소규모 회사였습니다.

그 만남으로부터 십수 년이 흐른 지금, 카약은 눈부신 발전을 거듭하며 언론을 뜨겁게 달구고 있습니다.

재미법인이라고 이름하고 재미있게 일하는 것을 소중히 여기는 카약.

그런 그들에게는 일을 하면서 망설임이 생겼을 때 떠올리는 그들만의 룰이 있습니다.

"만화 같은가?" 하고 묻는 거지요.

몇 가지 선택 앞에서 주춤거리게 될 때면 그들은 묻습니다.

"만화 같은가?"

이 물음의 의도는 가급적 있을 수 없는 일을 하려는 것.

그것이 카약의 진정한 모습입니다.

망설임이 생겨날 땐, 있을 수 없는 쪽을 선택합니다.

망설임이 생겨날 땐, 재미있는 쪽을 선택합니다.

그것이 '만화 같은가?'라는 말의 참뜻입니다.

이렇게 해서 카약은 만화의 히어로와 같은 법인을 목표로 정하고, 나날이 매진하고 있습니다.

히어로에게는 '필살기'가 있습니다. 카약의 필살기는 '독특함'입니다. 그 독특함을 위해 만화 같은 무언가를 선택하는 것입니다.

그리고 히어로에게 빼놓을 수 없는 것이 바로 '예상을 뒤엎는 전개', 그래서 카약은 계속해서 변화합니다.

히어로라면 '트레이드마크가 될 만한 대사'도 필요하겠지요. 그게 바로 재미법인!

'결국 이겨야 한다'는 히어로의 정석도 빼놓을 수 없겠죠. 다시 말해, 재미있으면서도 반드시 결과를 낸다는 뜻입니다.

선택의 기로에서 만화 같은가 하는 질문을 던지는 재미법인 카약. 창업 이후 매해 수익이 늘어 2015년에는 매출 37억 엔을 넘겼습니다.

만화 같은 회사가 되기 위해 카약에서는 아이디어를 내는 방법으로, 브레인스토밍 회의를 합니다. 이 브레인스토밍이야말로 카약의 독특한 아이디어를 낳는 원천이며, 회사를 만화 같게 만드는 비결입니다.

브레인스토밍의 룰은 크게 두 가지.

"어떤 아이디어든 부정하지 않는다, 무조건 상대방의 의견을 긍정한다."

"질은 따지지 않는다, 무조건 양을 늘린다."

부정하지 않는다는 것은 어떻게든 다 살려본다는 것. 하찮다 싶은 아이디어라도 그걸 어떻게 살려낼 것인가 하는 점을 중요시합니다. 누군가가 툭 던진 작은 아이디어를 힌트로, 어디까지 생각을 확장시킬 수 있느냐 하는 것이 관건입니다. 실력을 보여줄 수 있는 절호의 기회인 거지요. 그렇게 "사소한 한마디가 재미있는 결과를 만들어내는" 일이 다반사라고 합니다.

무조건 양을 늘린다는 것도, 예를 들어 '한 시간 안에 100가지 안을 낸다'고 정하면, 숫자를 채우기 위해, 도저히 있을 수 없는 안, 정말 말도 안 되는 안, 황당하기 그지없는 만화 같은 안이 나오게 된다는군요.

2012년, 저는 가마쿠라로 이사하면서 오랜만에 야나 씨를 찾아갔습니다. 카약 본사가 가마쿠라에 있거든요. 카약은 사업을 더욱 확장해, 사원이 이백 명이 넘는다고 했습니다.

"대단하시군요. 그런데 이렇게 회사가 커져도 설립 당시 이념을 지키실 수 있나요?"

이런 질문을 한 내게 야나 씨는 말했습니다.

"회사 규모는 문제가 안 되지. 카약의 근본은 변하지 않거든."

그때 받은 명함에는 씨익 웃는 야나 씨의 얼굴이 그려져 있었습니다. 만화로 말이지요.

그리고 그로부터 이 년 반이 지난 2014년 12월 25일.

재미법인 카약은 도쿄증권거래소에 상장하게 됩니다.

증권코드 3904. 재미법인 사람들은 동음을 이용해서 이 코드를 '상큐오모시로'*라고 부른다고 합니다. 주주들은 '재미주주'라고 하고요. (웃음)

그리고 주주총회가 열리는 곳은…… 일본에서 가장 오래된 선사, 가마쿠라 겐초지! 주주총회를 다른 데도 아니고 절에서 한답니다.

으음, 역시 만화 같다!

만화처럼 살자.

즐거움을 살자.

단 한 번뿐인 인생이니까.

---

* 상(3)큐(9)오(0)모시(4)로. '생큐 재미'라는 뜻.

The Mission

어떻게 하면 지금의 삶을 더욱 재미있게 만들 수 있을까요?
어떻게 하면 만화 같아질까요?
친구나 동료들과 브레인스토밍을 해봅시다.
한 시간에 100가지 안을 목표로!

록 뮤지션 야자와 에이키치에게 배우는 룰

/

제3자의 관점으로 보라

록 뮤직의 슈퍼스타 야자와 에이키치.

그에 관해서는 이런 일화가 전해집니다.

지방 콘서트 전날. 제작진이 실수로 호텔 스위트룸을 준비하지 못했습니다. 그때, 야자와 씨와 제작진 사이에는 이런 대화가 오갔다고 합니다.

"죄송합니다. 스위트룸을 잡아야 하는데 실수로 트윈룸을 잡았습니다."

"방이 없는 게 아니니까 나야 괜찮아. 그런데 야자와가 뭐라고 할지 모르겠네?"

야자와 에이키치, 그는 야자와 에이키치라는 자신의 캐릭터를 즐기고 있는 게 틀림없습니다.

2005년 11월 20일 마이니치방송에서 방영된 〈정열대륙〉에는 인상적인 장면이 나옵니다.

야자와 씨는 27년 전에 인터뷰한 스물아홉 살 자신의 영상을 보고는 이렇게 말합니다.

"지금 내가 하는 말을 내가 하는 말이라고 생각하지 마십시오. 이 말은 아티스트 야자와가 하는 말입니다. 만약에 말이죠, 어떤 프로듀서가 이 인터뷰를 봤다면 이렇게 말했을 거예요. 이 사람, 대성할 겁니다. 흔들림이 없잖아요, 전혀 흔들림이 없어요."

이 말을 통해서도 알 수 있듯이 야자와 씨는 늘 자기와, 아티스트 야자와를 따로 떼어내어 객관화합니다. 제3자의 관점으로 스스로를 객관시하고 마치 영화 주인공처럼 즐기는 거죠.

이 룰이야말로 슈퍼스타, 야자와 에이키치의 비결입니다.

YAZA
WA

1987년에 있었던 일입니다. 그 무렵 야자와 씨는 호주의 대자연, 골드코스트에 매료되어 그곳에 정착하려고 합니다. 전 세계를 무대로 활동하기 위한 스튜디오와 음악학교를 만들려는 꿈이 부풀어갔지요.

야자와 씨는 신뢰하던 두 사람에게 이 사업을 맡겼습니다. 그런데 그들이 야자와 씨 회사를 이용해 다른 비즈니스에 손을 대고 말았습니다. 매월 가짜 보고서를 보냈고, 은행 지점장 사인까지 위조했습니다. 결국 야자와 씨는 피해 총액 35억 엔에 달하는 횡령사건의 중심에 서게 됩니다.

본인이 자초한 빚이 아니라, 속아서 빚을 지게 된 것입니다.

그것도 35억 엔씩이나!

평범한 회사원이 평생 버는 금액이 2억 엔이라고 하니, 그 17배가 넘는 돈입니다.

게다가 오랜 세월 함께 일해온 최측근들에게 배신을 당했으니 정신적인 충격이 이만저만이 아니었습니다. 재기조차 예측할 수 없었지요. 매스컴에서는 “야자와가 속았어, 멍청하기는” 하며, 마치 쌤통이라는 식으로 떠들어댔습니다.

야자와 씨는 분노보다는 "가슴에 구멍이 뚫린 것 같았다"고 회상합니다. 매일매일 술에 의지하며 이젠 끝이야, 이젠 정말 끝났어, 야자와도 이젠 완전히 망가졌구나, 그렇게 시커먼 어둠 속에 갇혀 지냈다고 합니다.

그런데 어느 날 문득, 이런 생각이 떠오른 겁니다.

"영화라고 생각하면 되잖아!"

35억 엔은 야자와가 절대 갚지 못할 액수가 아니다.

야자와, 너라면 할 수 있어!

이건 내가 주연으로 나오는 영화다.

영화에는 주인공이 벼랑 끝으로 내몰리는 장면이 반드시 필요합니다.

'지금이 바로 그 장면'이었습니다.

말하자면 이제 막 클라이맥스가 시작된 것이었지요.

야자와 씨는 그의 책 『아 유 해피?』에 이렇게 썼습니다.

"부채와 빚쟁이들. 너무나 괴롭다. 하지만 난 지지 않는다. 언제까지 살 수 있을지 알 수 없지만, 나는 배역을 맡았을 뿐이다. 야자와 에이키치라는 배역을."

'주연 · 야자와 에이키치를 완벽하게 연기하자.'

야자와가 '야자와'가 된 순간입니다.

여기서부터는 야자와, 단 한 걸음도 물러서지 않고 앞으로, 다시 앞으로, 전진합니다.

사건이 발각된 그해부터 대형 콘서트를 끊임없이 소화하며 쉬지 않고 노래를 부릅니다. 맞서고 부딪치고, 라이브를 하고. 또 라이브를 하고, 또다시 라이브를 하고, 또 라이브를 하면서!

그리고 육 년 만에 35억 엔의 빚을 모두 청산합니다.

〈아사히신문 디지털〉과의 인터뷰에서 야자와 에이키치는 이렇게 말했습니다.

"모두에게 말하고 싶다. 회사에서 잘렸든, 산더미처럼 빚을 졌든, 그냥 배역이라고 생각하라고. 아무리 괴로워도 죽으면 끝이니까, 진심을 다해 그 배역을 열심히 연기하라고. 관점을 바꾸면 마음도 바뀐다."

'인생은 영화'라고 믿고 자신을 객관화해보면, 현실과 나 사이에 공간, 다시 말해 여유가 생깁니다.

보통 영화에서는 제일 큰 괴로움에 처하는 게 '주인공'입니다.
문제가 가장 많이 일어나는 사람이 '주인공'입니다.
문제가 가장 적게 일어나는 사람이 '행인 1'입니다. (웃음)
'시련'은 시청률을 가장 높이 끌어올리는 '클라이맥스'입니다.
덧붙이자면, 고민이라곤 없이 처음부터 끝까지 무조건 강한 배역이 '악역'입니다.

디즈니에서 영화를 만드는 사람들은 주인공을 어디까지 불행하게 만들어야 할까, 맨 처음 그걸 고민한다고 합니다. 누구나, 어려움에 맞서며 성장해가는 과정을 보고 싶어하기 때문입니다.

왜 당신에게 괴로운 일이 생기는 걸까요?
그건 바로, 당신이 주인공이기 때문입니다.

고민하고 있을 때에는 나=고민 100%인 상태에 빠지기 마련입니다. 하지만 그럴 때야말로 야자와 방식(객관화)을 빌리면 거기서 빠져나올 수 있습니다. 예를 하나 들어볼까요?

머릿속이 생각으로 꽉 찼을 때 '카레라이스!' 하고 떠올려보세요. 그럼 그 순간, 당신의 마음속에 카레라이스라는 공간이 생기면서 나 = 고민 98% + 카레라이스 2%로 성분 표시가 바뀌게 됩니다. (웃음)

감정만이 '나'가 아니라는 말입니다.

아무리 괴롭더라도 '카레라이스'를 생각할 수 있는 나야말로 진정한 나.

고민하는 나를 '아, 고민하고 있구나' 하고 객관화할 수 있는 관점이야말로 슈퍼 히어로 야자와의 관점입니다.

누군가와 다투고 있을 때나 아이들에게 화를 내고 있을 때에도, '나 지금, 엄청 화내고 있구나!' 그렇게 떠올려보세요.

그 순간, 분노의 감정과 그걸 떠올리는 내가 분리되면서 분노를 객관적으로 볼 수 있게 됩니다. 그러면 화내고 있는 나를 향해 웃을 수 있는 여유가 생겨납니다.

감정은 당신이 아닙니다.

감정을 객관적으로 바라볼 수 있는 관점이야말로 당신입니다.

고민 98%

카레라이스 2%

야자와 에이키치 씨처럼 또 하나의 당신, 객관화된 당신을 아군으로 만드세요. 객관화된 당신이야말로 새로운 현실을 만들어낼 수 있는 무적의 크리에이터입니다.

"첫째, 호되게 당한다.
둘째, 뒷수습을 한다.
셋째, 여유.
이런 식으로 되풀이해갈 수밖에 없다.
그러기 위해서는 호되게 당했을 때,
기가 죽어선 안 된다.
어떻게 하면 기죽지 않을 수가 있냐고?
목적이 분명하면 된다."

–야자와 에이키치, 『바닥에서 성공까지』

목적을 떠올립시다, 우리.
주인공이라는 사실을 떠올립시다, 우리.
어얼~ 주인공♬

The Mission

자신을 객관화한 무적의 히어로 캐릭터를
마음속에 키워보세요.
등장할 때 흘러나올 테마곡도 미리 정해두고,
위기에 처했을 때는 그 테마곡을 머릿속에 틀기로 하죠.
우선, 자신의 이름을 로마자로 크게 써볼까요?
그게 바로 주인공의 이름입니다.
그것부터 시작합시다!

동화 작가 노부미에게 배우는 룰

/

1000번은 시행착오를 거친다

오른쪽 그림, 어떤가요?

빼어난 동화 작가, 노부미 씨의 데뷔 전 그림입니다.

노부미 씨는 아직 삼십 대이면서도 벌써 170권 이상의 그림책을 세상에 내놓았습니다.

2015년에 발표한 『엄마가 유령이 되었어!』는 그해 독자들의 사랑을 가장 많이 받은 그림책이었고, 속편 『안녕사요나라 엄마가 유

령이 되었어!』는 초판 12만 부라는, 그림책으로는 유례가 없는 초판 부수를 기록하며 시리즈 누적 부수 53만 부를 돌파했습니다. 이 작품은 세계 여러 나라에 번역 출간되었고, 노부미 씨는 현재 NHK 애니메이션과 내각부 관련 일로도 왕성하게 활동하고 있습니다.

그리고 노부미 씨의 현재 그림.

어떤가요? 정말 같은 사람이 그렸을까 하는 의구심이 들 만큼 엄청나게 성장했다는 생각이 들지 않나요?

천재란 '재능'을 뜻하는 게 아닙니다.
천재란 '열의'를 뜻합니다.

"나는 내 1호기니까, 실패도 하죠. 잘 될지 확신도 없고. 하지만 두근두근 기대로 가득 차 있어요. 2호기도 아니고 3호기도 아닌 맨 처음의 내가 도전하지 않는다면 누가 하겠어요.
세상에 태어난 이상, 적당히는 살지 않을 겁니다."

노부미 씨의 꿈은 자신의 작품과 캐릭터로 전 세계 어린이들을 웃음으로 물들이는 것. 그것이 노부미 씨가 인생을 걸고 하려는 일이며, 노부미 씨가 생각하는 행복입니다.

그런데 그것을 위해서는 최고의 작품을 만들어야 하겠죠. 그 방법론이 바로 '시행착오의 횟수'입니다. 노부미 씨는 동화책 한 권을 만들기까지 1000명에게 들려주는 과정을 거친다고 합니다.

최고의 그림책을 만드는 일은 아무나 할 수 있는 일이 아닙니다. 그러나 최고의 시행착오는 열의만 있다면 누구나 할 수 있습니다.

노부미 씨와 제가[히스이] 함께 진행하는 팟캐스트 프로그램에서도, 녹음이 끝나면 만들고 있는 그림책에 관해 몇 번이나 들려주면서 의견을 묻곤 그 자리에서 작품에 수정을 가합니다. 책 한 권을 만들면서 몇 번이든 들려주고 몇백 번이든 고칩니다.

『인생은 원 찬스!』『꿈을 이루어주는 코끼리』 같은 베스트셀러를 써내는 작가, 미즈노 게이야 씨도 한 권의 책을 낼 때 책 제목을 1000가지 생각한다고 강연에서 언급한 적이 있습니다.

이 말을 듣고 '미즈노가 하는데반말에다가 멋대로 라이벌로 생각함 까짓것 나라고 못하겠어?' 하고 도전해본 적이 있습니다. 저로선 300개가 한계였습니다만, 그 책은 10만 부나 팔리면서 베스트셀러가 됐습니다. 미즈노 씨의 200만 부에 비하면 아무것도 아니겠지만요.

덧붙이자면 300개의 제목 안을 내고 10만 부가 팔린 책의 제목은 『마음에 꽂히는 '운명'의 말들』. 사실 쥐어짠 300개의 안은 모두 떨어졌고, 최종적으로 편집자가 붙여준 제목입니다. (웃음)

또다시 덧붙이자면 미즈노 씨 역시 1000개의 안을 냈는데도 『꿈을 이루어주는 코끼리』라는 제목은 편집자가 생각해낸 제목이라고 합니다. (웃음)

혼신을 다하면, 설령 스스로 좋은 아이디어를 생각해내지 못하더라도, 주위에서 도움을 준다는 말입니다.

소프트뱅크의 손 마사요시 씨는 출자 희망자와 사내 신규 사업 책임자가 사업 계획서를 갖고 왔을 때, "플랜이 세 가지밖에 없잖아. 이걸론 어림없어" 하고 퇴짜를 놓는다고 합니다. 보통은 낙관적 시나리오, 중립적 시나리오, 비관적 시나리오, 이 세 가지 패턴으로 사업 계획서를 준비하는 법인데, 손 씨는 그것으로 만족하지 못하는 거죠. 그러곤 하는 말이 이겁니다.

"1000가지 만들어서 다시 갖고 와요!"

1000번이나 시행착오를 하려면,
1000퍼센트 결의가 없고서는 불가능합니다.
천재란 재능이 아니라 열의입니다.
천재란 소질이 아니라 집념입니다.

에디슨 역시 그랬습니다.

전구를 발명하기까지 1만 번이나 실패를 했습니다.

전구 필라멘트 재료를 찾기 위해 금속과 옥수수 줄기, 말발굽, 도화지 등등 6000개나 되는 재료로 실험을 거듭했습니다. 실험할 재료가 더 이상 없게 되자 친구 수염까지 실험에 썼다는 일화가 남아 있지요. (웃음)

최종적으로 필라멘트 재료로는 대나무가 적합하다는 걸 알게 되었지만, 대나무 중에서도 어떤 대나무가 좋은지 세계 곳곳에서 모아온 1200가지 종류의 대나무로 또 실험을 거듭했습니다.

전구 하나를 만들면서 적어도 1만 번 이상을 실패했다는 말이 됩니다. 게다가 그 실패에 대해 뭐라고 했는지 들어보세요. "이 조합이 적절하지 않다는 것을 발견했다."

'실패'란 '발견'입니다.

만약 당신에게 꿈이 있다면, 그 꿈에 다가가기 위해 할 수 있는 일들을, 사소한 것이라도 좋으니 우선 100개만 써봅시다.

그리고 그 100개를 모두 다 해냅니다. 그게 끝나면 다시 100개를 씁니다.

그러면 1000개를 다 끝내기 전에 결과가 따르기 시작할 겁니다.

천재란 1000번 실패할 수 있는 사람을 말합니다.

천재란 누구나 할 수 있는 일을,

누구나 다 할 수 없을 만큼 해낸 사람을 말합니다.

결과가 따르지 않는 사람은 처음부터 이렇게 마음먹습니다.

10번 해보고 안 되면 포기하자고.

그렇다면 1000번을 실패하더라도 포기하지 않겠다고 처음부터 마음먹으면 되는 겁니다.

마음먹은 순간, 당신의 미래는 바뀝니다.

포기해야 할 이유는 종이에 적은 다음, 갈기갈기 찢어 쓰레기통에 던져버리면 그만입니다.

천재란 '시행착오의 횟수'입니다.

마지막으로 노부미 씨의 말을 전합니다.

"나는 천재가 아니다.

그래서 노력한다.

발버둥친다.

발돋움한다.

난 그림책 이외에는 만들 수 없는 남자다.

그림책도 만들 수 있는 남자가 아니다.

그렇다, 각오는 되어 있다.

이것밖에 할 수 없으니

이것을 잡고 끈질기게 버텨왔다.

노력하는 사람을

신께서 보고 있다.

사람들도 모두 보고 있다.

나는 아직도 멀었다.

대단한 사람들은 많다.

나는 그저 나만이 할 수 있는 일을 하고, 언젠가

노부미 씨가 있어서 참 좋았다

그런 말을 듣고 싶다.

누군가의 빛이 되고 싶다.

그러기 위해

지금, 달리자.

내가

나를 포기한다면

모든 것이 정말로 끝나고 만다."

The Mission

당신이 이루고자 하는 꿈은 무엇입니까?
당신에게 최고의 인생이란 어떤 것인가요?
꿈에 다가가기 위해, 사소한 것이라도 좋으니
할 수 있는 일들을 100가지 써봅시다.
그걸 전부 다 해내면, 100가지를 또 씁니다.
1000번의 시행착오를 거치기도 전에
당신 앞에 결과가 생겨날 것입니다.

안 쓰는 사람이 많습니다.
그렇지만 쓸 수 있는 범위 내에서라도 상관없으니 써보시기를.
쓰고, 또 행동하면 인생은 반드시 변합니다.

심리학자 고바야시 세이칸에게 배우는 룰

/

웃음을 줄 수 있는 존재가 될 것

사람은 무엇 때문에 살까요?

무얼 위해 공부하고, 무얼 위해 노력하는 걸까요?

행복하기 위해서지요. 행복하게 웃으며 살고 싶기 때문이지요.

그렇다면 생뚱맞기는 하지만, 이 글을 읽고 있는 지금 웃어보면 어떨까요?

웃으면 일단 이긴 겁니다.

인생의 목적을 아주 쉽게 달성하는 거지요.

연간 330회 강연 의뢰를 받았던 심리학자, 고바야시 세이칸 선생님. 돌아가신 후에도 책이 계속해서 나오고 베스트셀러가 되는, 매우 보기 드문 분입니다.

세이칸 선생님을 오래전부터 알던 사람에게서 들은 얘기입니다만, 초창기의 강의 스타일은 행복해지는 우주법칙을 능숙한 언변으로 칠판에 쏟아붓는 방식이었다고 합니다. 그러나 해를 거듭할수록 설명이 대폭 줄고 '무언가'가 늘어납니다.

그 무언가는 바로 유머였습니다.

웃음, 그것이 중요하다는 걸 알게 되었기 때문이라고 합니다.

생전에 세이칸 선생님이 유일하게 후계자로 지목한 다카시마 료 씨가 유머의 천재라는 것만 봐도 웃음을 얼마나 소중히 여겼는지 알 수 있습니다.

"건담이 자꾸 말을 건담."

"시드니에서는 꽃 안 시드니?"

"우린 같이 사이다 마신 사이다."

세이칸 선생님의 유머는 대략 이런 느낌입니다! (웃음)

"인간은 불완전한 제품이라서 100점 만점에 82점이나 92점 정도면 점수가 아주 좋은 편입니다. 100점 만점에 92점 맞아서 기쁘다고 느끼는 사람이 있는가 하면, 8점 모자라다고 풀이 꺾이는 사람도 있습니다. 8점 모자라다고 풀이 죽는 사람을 팔점발전도상*이라고 합니다."

이런 느낌입니다! (웃음)

"원래 인간은 불완전하니 불완전주의자가 더 낫습니다. 완전주의자가 되지 않기 위해서는 우선 커피 원두 이름에서 시작하는 게 좋겠군요. 자마이카** 부터 마시기로 합시다."

이런 느낌입니다! (웃음)

"마돈나는 한 달에 1억 엔 정도를 번다고 들었습니다. 그중 9000만 엔쯤은 경호원들 월급이라고 하더군요. 마돈나에게 세 명, 아이들에게는 열다섯 명의 경호원이 붙는답니다. 마돈나는 '아이들을 지키기 위해 경호원들을 고용하고, 난 그 돈을 대기 위해 필사적으로 일한다'고 합니다. 마, 돈나*** 생활일까요!?"

---

* 發展途上. '발전이 뒤처진다'는 뜻.
** 자, 마 이이카. '어떻게든 되겠지'라는 뜻.
*** '아, 대체 어떤'이라는 뜻.

사람들이 웃으면 웃을수록 강연에서 유머 비율은 높아졌습니다. 두 시간 강연을 하는데 한 시간 반 동안 쉬지 않고 이런 유머를 쏟아낸 적도 있습니다. 유머가 막힘없이 흘러나오자 "더 이상 비행기 태우지 말아주세요" 하고 난처한 듯이 말한 적도 있다고 합니다. (웃음)

그런 세이칸 선생님이셨습니다만, 2010년 당뇨병으로 폐에 물이 차 위독하시다기에 저도[히스이] 서둘러 병문안을 갔습니다. 망막과 신장 기능이 상실되어 이미 오른쪽 눈이 보이지 않는 상태라는 얘기를 들었습니다. 몸 안의 독소와 수분이 빠져나가질 못해 언제 폐와 심장 기능이 멈출지 모른다는 말도 들었습니다.

사십 년 동안 연간 300회 이상의 강연을 해왔던 세이칸 선생님에게 의사는 회생의 기미가 보이지 않는다며, 결국 닥터 스톱 선고를 내렸습니다.

그런데 제가 병실에 들어서자마자 세이칸 선생님이 던진 첫 마디는, 밖에서 들려오는 매미 소리에 관한 것이었습니다.

"매미가 껍데기를 벗고 있군요. 이것이 진정한, 세미*누드!"

생각지도 못한 말이었습니다.

그 후, 도쿄에서 아이치 현까지 병문안을 온 아이카와라는 분과 세이칸 선생님은 이런 대화를 나눴습니다.

세이칸 선생님 : "벌레 소리는 들리나요?"
아이카와 씨 : "도쿄에서는 들립니다. 방울벌레를 키우는 분이 근처에 계셔서 그 벌레가 울곤 하죠."
세이칸 선생님 : "방울벌레는 늦가을에 우니까, 아니겠지요."
아이카와 씨 : "정말로 근처에서 울어요. 너무 더워서 벌레도 불쌍하다고 어제 방울벌레 주인이 그러더군요."

이 말을 듣고 세이칸 선생님이 하신 말씀.
"이것이 진정한, 무시 아츠이!"**
예상치 못한 유머는 병실을 웃음의 도가니로 만들었습니다.
그리고 이 순간, 제 안에서 세이칸 선생님은 전설이 되셨습니다.

---

* 'semi'와 일본어 '매미'의 뜻을 동시에 지닌다.
** '무시'는 '벌레', '아츠이'는 '덥다'라는 뜻. '무시아츠이'는 '무덥다'는 뜻이다.

당시 세이칸 선생님은 육체적으로도 상당히 괴로우셨을 겁니다. 병원으로 가는 도중에 핸들을 돌리기만 해도 힘겨워하셔서 가급적 직진으로 갈 수 있는 길을 골라 갔다고, 운전했던 사람에게서 들었습니다. 하지만 그럴 때에도 선생님은 유머를 잊지 않았습니다! 그 기개에서 저는 선생님의 따스함을 느꼈습니다.

세상에는 참 다양한 초능력이 존재합니다. 스푼을 휘게 할 수 있는 능력, 투시할 수 있는 능력, 독심술도 있지요. 하지만 그보다 더 대단한 초능력을 저는 세이칸 선생님에게서 보았습니다. 삶과 죽음의 경계에 있을 때조차, 눈이 거의 보이지 않는 어둠 속에서도, 선생님은 모두에게 웃음을 선사했습니다. 그런 따스함이야말로, 그 어떤 초능력보다 강력하다는 생각을 했습니다.

따스함이야말로 최고의 초능력입니다.

본인이 가장 괴로울 때인데도 선생님은 그 따스한 마음으로, 우리의 걱정을 덜기 위해 유머를 선물해주셨습니다.

유머야말로 최고의 초능력입니다.

세이칸 선생님은 인간이 태어난 목적은 '웃음을 줄 수 있는 존재가 되는 것'이라고 늘 말씀하셨습니다. 그리고 목숨이 위태로울 때조차 그 룰을 관철했습니다.

병실 안 고통 속에서 세이칸 선생님이 말씀하신 유머 두 가지.
"이것이 진정한, 세미 누드!"
"이것이 진정한, 무시 아츠이!"
지금도 제 마음속에 전설로 남아 있습니다.

덧붙이자면 세이칸 선생님은 그 후 기적같이 '생환'하셔서 무사히 퇴원하셨는데, 병원 주치의 선생님이 그간의 사정을 적은 책을 냈습니다. 제목 하여 『기적의 세이칸』.
'세이칸'이라고 읽는 '생환'을 선생님 성함인 '세이칸'에 중첩시킨 제목입니다.
주치의 선생님까지 유머를 날리다니!
유머는 옮는 병인가봅니다. (웃음)

The Mission

여기에 지금 고민하고 있는 문제를 하나 써보세요.
그걸 바라보며 "까짓것, 괜찮아" 하고 소리 내어 웃어보세요.
하하하하하하하하하하하하하하하하하하하하하하하하하하하하하하하하.
괴로울수록 웃으세요.
괴로울수록 다른 사람을 웃게 만드세요.

자유인 다카하시 아유무에게 배우는 룰

/

사랑하는 사람의 히어로가 된다

"꿈은 도망치지 않는다. 도망치는 건 늘 나 자신이다."

"어른이 작정하고 놀면, 그것이 일이 된다."

"칠전팔기는 우스운 말이다. '억전조기'쯤 되는 마음으로 살자."

"미래를 위해 현재를 견디는 것이 아니라 미래를 위해 현재를 즐겨야 한다."

이런 수많은 명언들을 쏟아낸 주인공인 동시에, 누적 판매부수 200만 부가 넘는 베스트셀러 작가이자 자유인이라 불리는 남자,

다카하시 아유무.

우선 그 자유롭기 그지없는 이력부터 살펴보기로 합시다.

아유무 씨는 스무 살에 대학을 그만두고 친구 넷이서 빚으로만 아메리칸 바를 개업합니다. 이 년 만에 점포는 네 개로 확장되지만 스물셋에 운영권을 모두 넘기고 이번에는 본인의 자서전 출간을 위해 무일푼 무경험으로 출판사를 설립합니다. 그러다 3000만 엔이라는 빚에 허덕이기도 하지만, 결국 전세가 역전되면서 자서전 『매일이 모험』을 비롯한 수많은 베스트셀러를 세상에 내놓습니다.

그리고 스물여섯에 결혼. 이번에는 경영하던 출판사를 친구에게 넘기고, 다시 모든 지위를 리셋하더니 아내와 둘이서 세계여행을 떠납니다. 이 년여에 걸쳐 전 세계를 방랑하고 돌아온 후에는 오키나와에 이주해, 카페 바 & 해변의 집을 개업하고 자급자족의 아트 빌리지를 만듭니다.

그 후, 2010년부터는 결혼 10주년 기념으로 가족 넷이서 세계여행을 떠납니다. 동시에 도쿄와 뉴욕에 사무실을 둔 출판사를 경영하면서 저술 활동을 펼치는 한편, 도쿄, 후쿠시마, 뉴욕, 발리, 인도, 자메이카와 같은 세계 각지에 레스토랑 바와 게스트하우스, 프리 스쿨을 만들지요. 그리고 사 년에 걸친 세계여행을 마친 그는, 이번엔 하와이의 빅 아일랜드로 거점을 옮기고, 새로운 꿈을 향해 한 발을 내딛습니다.

"나답다는 건 아무래도 좋다.
그것이 나와 같은 크기든 아니든 상관없다.
'나'란 찾지 않더라도, 지금, 여기에 있다.

다만 내 마음의 목소리에 정직해지자."

마음의 목소리에 무조건 정직하게, 꿈과 모험 속에서 사는 남자.
어떻게 하면 이런 자유로운 인간이 만들어지는 걸까요?

다카하시 아유무를 만드는 법.
그 비결은 그를 키운 어머니의 룰에 있었습니다.

"오늘은 어떤 좋은 일이 있었니?"

매일 아이들에게 이렇게 묻는 게, 아유무 씨 어머니의 마이 룰이었습니다.

어머니는 매일 밤, 가족들이 식탁에 둘러앉으면 "아유무, 오늘은 어떤 좋은 일이 있었니? 어떤 좋은 일을 했니?" 하고 반드시 물었다고 합니다.

그 질문에 대답하고 싶어서 소년 아유무는 매일 '뭔가 좋은 일 없을까' '뭔가 재미있는 일 없을까?' 하고 찾아다녔답니다. 말할 거리가 없는 날에는 집에 가는 길에 '아아, 오늘은 아무런 일이 없었잖아. 길바닥에 쓰러진 할아버지라도 안 계실까?' 하고 진심으로 그렇게 생각했다고 합니다. (웃음)

이렇게 자란 소년 아유무는 '뭔가 좋은 일'을 스스로 만들어내는 사람으로 성장합니다.

소년기부터 갈고 닦은 '두근두근 센서'를 활짝 열고.

"너의 소름을 믿어라. 소름은 거짓말을 하지 않는다."

그렇게 믿으면서.

“두근두근 센서”

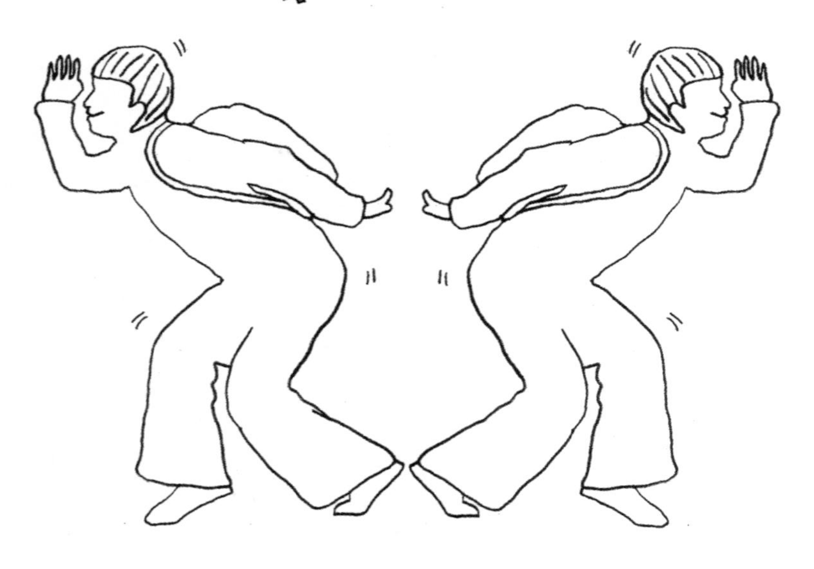

오랫동안 함께 일한 아유무 씨에게 제가다키모토 한 가지 질문을 던져봤습니다.

“현재의 꿈은 뭐예요?”

“세상은 넓고 즐거운 일이 가득한 곳이지만, 내 인생 최대의 꿈은 아주 심플해. ‘사야카에게 언제나 히어로가 될 것.’”

다른 사람이 어떻게 보든 상관하지 않습니다.

다카하시 아유무의 행동지침은 사랑하는 아내가 멋있다고 여겨줄 것인가 말 것인가, 그게 전부입니다.

그리고 두 아이에게 "아빠, 진짜 멋져!" 그런 소리를 듣는 것.

그것이 최고의 인생을 살기 위한 다카하시 아유무의 마이 룰입니다.

누구에게 어떤 존재이고 싶은가.

"사랑하는 사람을 위해 멋지게 살고 싶다. 단지 그뿐!"

무척 심플합니다.

가장 소중한 것을 소중히 지킬 수 있다면 그것이야말로 울트라 해피한 삶이 아닐까요?

하고 싶은 일을 찾기는커녕 아무것도 아닌 존재였던 스무 살 무렵에도 그랬고, 사야카 씨를 만난 이후에도 그렇고, 그 꿈은 전혀 변하지 않았다고 합니다.

언젠가 아유무 씨는 제게 이런 말을 했습니다.

"즐겁다고 여기는 일을 하면서, 그럭저럭 살 정도의 돈만 있으면 된다고 난 생각해. 하지만 만약 사야카가, 돈이 좀 더 있었으면 좋겠다고 한다면, 난 당장이라도 돈 버는 모드로 바꿀 거야."

"회사의 존속이 걸린 경영회의가 있다고 해도, 그 순간 아이들이 병에 걸린다면, 난 한 치의 흔들림 없이 아이들 곁을 선택해."

사랑하는 사람들이 최우선!

그것이 다카하시 아유무의 마이 룰입니다.

십 년 전 이런 일이 있었습니다.

아유무 씨는 아내인 사야카 씨에게 보내는 러브레터를 묶어 책으로 내고 싶다는 엉뚱한 말을 꺼냈습니다.

지나치게 개인적이라며 출판사에선 반대의 목소리가 높았지요.

"사모님한테 보내는 러브레터라니, 그런 막무가내 기획으론 독자들의 관심을 살 수 없습니다. 출간은 포기하시고 그냥 직접 사모님께 전해주시죠!"

너무나 당연한 말입니다. 그 말, 백 번 이해하고말고요.

그러나 그 책은 결국 출간되었고, 놀랍게도 10만 부가 넘게 팔린 베스트셀러가 되었습니다.

제목은 『언제나. 언제까지나』.

내용은 아유무 씨가 사야카 씨에게 보내는 러브레터.

많은 사람들의 마음을 울리는 것은 자신의 마음 한가운데에서 생겨납니다.

자신의 마음을 깊이 파고들어가면, 그것이 결과적으로 많은 사람들의 마음을 파고들게 됩니다.

아유무 씨의 마음 한가운데에는 사랑하는 아내, 사야카 씨가 있습니다.

'소중한 사람을 소중히 여기며 살고 싶다.'

아유무 씨는 자신이 생각하는 행복의 기준이 명확합니다. 그래서 어떤 분기점에 서더라도 결코 흔들리는 법이 없습니다. 가장 소중한 것이 분명하기 때문에, 흔들림 없이 자신의 길을 나아갈 수 있습니다.

『언제나. 언제까지나』에는 이런 구절이 있습니다.

"나는 결혼으로 인해 보다 자유로워졌다.
나는 아이들로 인해 보다 자유로워졌다.
사랑할수록 마음은 자유로워진다.
소중한 것이 명확할수록 마음은 자유로워진다.

'사랑' 혹은 '자유'가 아니다.
'사랑' 그리고 '자유'다."

무엇을 위해 사는가?
사랑하는 사람의 히어로가 되기 위해 산다.
그 말은 자신보다 더 소중한 것이, 늘 가슴 한가운데에 자리하고 있다는 뜻입니다.
그래서 자신의 일로 끙끙대며 고민할 필요가 없습니다.

"내 인생에서 우선순위는 단순하고 명확하다.
우선 이번 인생을 내 삶과 포개준 아내, 사야카.
그리고 아이들, 부모님, 형제, 이 모든 가족.
그다음으로 같은 시간을 보내준 친구들.
나는 이 사람들과 더불어, 이 사람들을 위해 산다.
그리고 그것이, 언젠가 어딘가에서, 세상을 위한 일이 된다면 행운이 아닐까?

사랑하는 사람과, 자유로운 인생을!"

The Mission

사랑하는 사람에게 러브레터를 써보세요.
소중한 사람에게 감사편지를 써보세요.
자신의 마음 한가운데
가장 소중히 자리하고 있는 것이 보일 겁니다.

다카하시의 아내 사야카에게 배우는 룰

/

이번 생에서는 그의 아내를 극한까지 해낸다

앞장에서 소개한 초특급 자유인, 다카하시 아유무 씨.

그와 결혼한 여자는, 평범한 회사원이었던 사야카 씨입니다.

한없이 자유로운 남자와 인생을 더불어 살면서, 과연 갈등이 없었을까요?

아유무 씨가 말하기를 "사야카는 외국어라곤 브랜드 이름밖에 몰라". 그런 그녀가 결혼한 지 사흘 만에 무기한 세계일주 신혼여행을 떠납니다.

"몽골에서 캠프체험 한번 해보지 않겠어? 걱정할 일은 하나도 없을 거야." 그 말에 가벼운 마음으로 쫓아간 몽골에서는, 드넓은 초원에 덩그러니 자리한 유목민들의 이동식 게르에서 홈스테이를 했습니다. 진짜 현지인이 사는 집에서 식객 노릇을 한 셈입니다. (대체 어떻게 찾아내서 연락한 걸까요!?)

말은 안 통하지, 화장실은 대자연 속이라니!

느닷없이 그런 생활이 시작된다면 어떨까요?

지나치게 자유로운 남편에게 불평불만쯤은 내뱉고 싶겠죠.

그런데 사야카 씨는 게르 안에 화장품 병을 나란히 세워놓고 열심히 얼굴에 화장품을 두드리며 유목민 생활을 했다고 합니다.

이런 식으로 약 이 년의 세계일주 여행을 마친 부부는 이번엔 오키나와로 이주하고 그곳에서 두 아이를 낳습니다. 그리고 큰아들이 초등학교에 입학하는 해에 가족회의를 엽니다.

아유무 : "아들, 초등학교에 들어가는 거랑 세계일주 여행이랑, 어떤 게 더 좋겠어?"

우미 : "음, 초등학교에도 가보고 싶지만, 여행을 더 가고 싶어."

아유무 : "좋았어. 그럼 세계일주 여행을 떠나자! 결혼 10주년이니까, 스위트 텐 다이아몬드* 말고 스위트 텐 저니로!"

그렇게 해서 떠나게 된 결혼 10주년 기념 가족 여행.
아이들을 학교에도 보내지 않고요.
게다가 무기한으로!
너무 심하게 자유로운 게 아닐까요! (웃음)

이것이 아들이 만 6세, 딸이 만 4세 때의 일입니다. 만약 남편이, 혹은 아내가 이렇게 자유로운 사람이라면 당신은 따라갈 수 있을까요?

덧붙이자면 세계일주 여행을 떠나면서 다카하시 가족은 오키나와에 있던 집을 정리하고 도쿄 세타가야에 있던 출판사 사무실로 주소를 이전합니다. 그리고 시간이 조금 흐른 어느 날, 사무실로 한 통의 전화가 걸려왔습니다. 그 전화를 제가다키모토 받았습니다. 근처 초등학교 교장 선생님으로부터 걸려온 전화였습니다.

---

* 결혼 10주년 기념으로 남편이 아내에게 다이아몬드를 선물하는 풍습이 있다.

"올해 입학해야 할 다카하시 우미 군이 학교에 전혀 나오질 않는데요, 무슨 일 있는 건가요?"

전화번호를 회사 번호로 등록해둔 모양입니다.

어떻게 전하면 좋을지 아유무 씨에게 물었더니 이런 대답이 돌아왔습니다.

"등교 거부라고, 그렇게 얘기해줘!"

"……"

교장 선생님은 이렇게 말씀하셨습니다.

"초등학교는 의무교육이거든요!!!"

의무교육을 뭘로 보냐더군요. (웃음)

이렇게 시작된 세계일주 여행은 약 사 년간 이어졌습니다.

그리고 귀국 후에는 바로 하와이로 이주했습니다.

다시 한 번 묻겠습니다.

만약 당신의 남편이, 혹은 아내가 이렇게 자유로운 사람이라면, 당신은 따라갈 수 있겠습니까?

사야카 씨는 결코 평범하다고 할 수 없는 이런 인생을 어떻게 받아들일 수 있었던 걸까요?

그녀가 갖고 있던 마이 룰에 그 비밀이 있습니다.

"이번 생에서는 다카하시 아유무의 아내를 극한까지 해낸다."

"내 꿈은 아유무의 아내를 극한까지 해내는 것.

그리고 아이들의 어머니를 극한까지 해내는 것.

이번 생에서는 그것만으로도 충분해."

그것만으로 충분한 것이 있다는 건, 얼마나 멋진 일인지요.

이것이 그녀의 가슴 한복판에 있는 룰이었습니다.

게다가 아유무 씨를 만난 지 얼마 안 되어 한 말이라니, 놀랍기 그지없습니다.

아유무 씨가 스무 살, 사야카 씨가 열아홉 살이었을 때, 술자리에서 만나 몇 번인가 데이트를 하고는 밤에 공원에서 이런 대화를 나누었다고 합니다.

“사야카, 뭐 하나 물어봐도 돼? 혹시 꿈이 뭐야?”

“꿈? 으음……”

“뭐든 그냥 얘기해봐, 가볍게.”

“만난 지 세 번 정도밖에 안 됐지만…… 굳이 얘기하자면 내 꿈은 아유무의 아내를 극한까지 해내는 거, 그거 같아.”

“그거…… 농담 아닌 거 맞지?”

그렇게 확인하고 나서 며칠 후, 아유무 씨가 다시 정식으로 고백하고 두 사람은 사귀게 되었다고 합니다.

그녀의 마이 룰은 아유무 씨와 만난 지 얼마 지나지 않은 그날 밤에 정해졌던 것입니다.

“필요한 것은 용기가 아니라 각오다.
각오가 있다면, 모든 게 움직이기 시작한다.”

이 말은 다카하시 아유무 씨가 한 말이지만, 아유무 씨의 아내 또한 각오가 아주 분명하게 다져진 사람이었습니다.

잘 풀리지 않더라도, 끝까지 해낼 것이다.
평생 멈추지 않을 것이라고 나는 정했다.
그것이 극한까지 해낸다는 뜻이며, 그것이 각오입니다.

어떤 사람과 함께하든, 어떤 인생을 걸어가든, 마음처럼 풀리지 않는 현실이 끊임없이 눈앞에 닥칩니다.
하지만 결국, 어떻게 하고 싶은가? 어떻게 살고 싶은가? 그것이 또렷이 눈에 보이고, 또 그렇게 살 각오를 다질 수만 있다면, 어떤 문제가 닥치더라도 헤쳐나갈 수 있습니다.

어떤 문제든, 당신의 각오보다는 작기 때문입니다.

The Mission

당신은 이번 생에서, 무엇을 극한까지 해내고 싶습니까?
무엇을 끝까지 해내고 싶습니까?
누구를 위해 해내고 싶습니까?

그것을 향해 살아가는 것이 바로 '행복' 아닐까요?

호시노 리조트 사장에게 배우는 룰

/

먼지를 뒤집어쓴 낡은 교과서를 믿는다

"일본의 관광산업을 문제적으로 만들겠다."

'문제적 미션'이라는 기치 아래 호시노 리조트를 이끌고 있는 사람이 호시노 요시하루 사장입니다. 가루이자와의 전통 있는 온천 시설에서 출발해 일본 전국의 인기 리조트를 운영하는 기업으로 비약적 발전을 이루어낸 4대째 경영인.

여기서 '문제적'이라는 것은 '혁신적'이라는 긍정적 의미를 담고 있습니다.

한 번쯤은 이용해보고 싶은 동경의 대상인 '호시노 리조트'.

호시노 리조트는 럭셔리 호텔 '호시노야', 풍취를 느낄 수 있는 온천여관 '사카이', 스타일리시한 리조트 '리조날레' 등, 새로운 콘셉트로 숙박 시설을 혁신하고 창조하는, 일본의 대표 리조트 회사입니다.

전체 객실 가동률이 80퍼센트 이상. 다섯 쌍 중 한 쌍 이상이 일 년 내에 재이용한다는군요.

사실 4대째라지만 호시노 씨는 다 쓰러져가던 여관과 온천 시설을 재이용객이 많은 인기 숙박 시설로 재탄생시켰으니, 그 수완이 보통이 아닙니다. 그야말로 '리조트 경영의 달인'입니다.

실제로 호시노 리조트에 묵어보면 재이용객이 많은 이유를 이해하고도 남습니다.

'현대를 쉰다'는 콘셉트로 만들어진 리조트 안에는 강물이 흐르고, 자연에 녹아든 은신처 같은 객실이 줄지어 서 있습니다. 방에 난 커다란 창문으로는 녹음이 우거진 나무들과 물결 이는 수면을 바라다볼 수 있고, 간간이 들려오는 새들의 지저귐, 강물 흐르는 소리가 어우러져, 마치 별천지 같은 풍경이 펼쳐집니다.

이런 비일상적인 공간을 보다 깊이 맛볼 수 있는 아이디어들도 곳곳에 어우러져 있습니다.

체크인하는 곳에서 객실까지의 '거리'도 그중 하나입니다.

멀리 떨어진 객실까지는 전용차로 안내를 받습니다.

그곳은 늘 익숙한 도로와 전신주가 보이지 않게끔 벽으로 둘러 싸여 있고, 천천히 다가갈수록 점차 비일상 속으로 들어가는 느낌을 주게끔 설계되어 있습니다.

또 다른 예를 들자면, 아오모리에 있는 '아오모리야'에서는 표준어를 쓰지 않고 현지 방언으로만 접객을 한다고 합니다.

"지방에 내려가면 직원들이 무슨 말을 하는지 알아듣지 못해서 마치 외국에 있는 듯한 느낌이 듭니다. 하지만 그것이야말로 지방의 살아 있는 모습입니다. 고객들은 일본이라는 나라의 깊이를 느낄 수 있을 것입니다."

– 〈웹 괴테〉, 호시노 요시하루의 '살아남기 위한 새로운 기업 전략'

이처럼 여관과 리조트마다, 콘셉트와 강조하는 포인트가 제각각 다릅니다. 그래서 몇 번이든 같은 곳에 가고 싶어지기도 하고, 호시노 리조트마다 찾아다니며 전국 일주를 하고 싶어지기도 한답니다.

이 관광업계의 혁명가, 호시노 요시하루 사장은 '1일 1식' '1일 1만보 이상 걷기' '3무주의'(싫으면 회의에 참석하지 않는다, 만나고 싶지 않은 사람은 만나지 않는다, 가고 싶지 않은 회식엔 가지 않는다) 식으로 마이 룰이 많은 것으로도 유명합니다.

'아무리 바빠도 일곱 시간 수면' '1년에 50일은 스키'라는 룰도 있다고 하네요.

호시노 리조트는 이렇게 승승장구하고 있습니다만 『호시노 리조트의 교과서』에는 그 비결에 대해 "사원들에 대한 동기 부여나 서비스 개선, 여관과 호텔 콘셉트 기획 같은, 내가 경영자로서 실천하는 모든 일들은 전부 교과서에서 배운 이론을 바탕으로 삼고 있다"고 쓰여 있습니다. 교과서란 경영학의 전문가가 쓴, 다시 말해 비즈니스 관련 책들을 말합니다.

교과서 이론 따위, 현장에선 통용되지 않는다고 생각하는 분이 많으실 겁니다. 그런데 호시노 리조트의 경영 방침은 바로 그런 '교과서대로'라고 하네요.

호시노 씨는 말합니다.

"기업 경영에는 경영자 개인의 자질을 바탕으로 하는 '아트' 부분과 논리를 바탕으로 하는 '사이언스' 부분이 있다. 나는 경영 직을 맡은 이래, 내게 예술적인 경영 판단을 할 만한 자질이 있다고 생각해본 적이 없다. 어떤 상황에서도 내 직감을 믿을 수 없었고, 위험 부담이 너무 커 보였기 때문이다."

아트와 사이언스는 왼발과 오른발, 이 양발의 관계라고 할 수 있습니다. 둘 다 필요하고, 두 발이 있어야만 앞으로 나아갈 수 있지요.

하지만 호시노 씨는 자기에게 아트적인 자질이 없음을 자각하고 있습니다. 호시노 씨의 최대 강점이겠지요.

그렇기에 자기에게 자질이 있는 사이언스의 길을 걸어가고, 그 틀 안에서 사원 한 사람 한 사람의 아트를 끌어내는 경영을 통해 균형을 맞추어가는 전략을 택한 것입니다.

실제로 호시노 씨를 보고 있으면, 젊은 사원들과 스스럼없이 이야기를 나누는 분위기가 풍깁니다. 시설 콘셉트에 대해서도 현장의 스태프들이 자율적으로 정한다는군요.

그렇다면 호시노 씨는 어떻게 자신의 최대 무기인 사이언스의 길을 최대한 살릴 수 있었던 걸까요?

웬걸, 그 비결은 바로 서점 순례라고 합니다.

인터넷으로 구입하기도 합니다만, 역시 서점을 가야 직성이 풀린다는군요. 회사가 직면한 과제들을 올바로 인식한 상태에서, 서점을 찾아 책을 펼쳐 페이지를 넘기면서, 교과서가 될 만한 책을 찾습니다. 그런데 그때, 서점에서의 마이 룰이 있다고 합니다.

바로 눈에 띄지 않는 책을 찾는 것이라네요.

화려하게 서점을 장식하는 눈에 띄는 신간이 아니라, 한 권만 꽂혀 있는, 눈에 띄지 않는 구간에 주목한다고 합니다.

왜일까요?

경험상 "새로운 책은 교과서가 되기에 이른 감이 있기 때문"이라는군요.

말하자면 서가에 조용히 꽂혀 있는 '고전'을 찾는 셈입니다.

먼지를 뒤집어쓰고 있는 그런 책이야말로 호시노 리조트의 승승장구를 지탱해주는 보물창고인 것입니다.

"새로움이란, 낡은 것을 얼마나 진지하게 바라보는가에서 비롯된다."

호시노 리조트는 낡은 교과서를 통해 새로운 것들을 창출해내고 있습니다.

그렇습니다, 미래는 과거 속에 있습니다.

The Mission

탐색하고 싶은 주제를 정하고,
서점의 서가에 한 권만 꽂힌 책을 사서 읽어보면 어떨까요?
그 책을 읽은 후
자기 인생에서 행동으로 옮길 만한 내용을 적어봅시다.
행동으로 옮겨야만, 비로소 인생은 변할 수 있으니까요.

작사가 아키모토 야스시에게 배우는 룰

/

싫어하는 사람을 정기적으로 만난다

아키모토 야스시 씨의 마이 룰은 '싫어하는 사람을 정기적으로 만난다'입니다.

앞서 본 호시노 리조트 사장의 마이 룰 중의 하나인 '만나고 싶지 않은 사람과는 만나지 않는다'와 정반대의 룰이라는 게 흥미롭지 않나요? 한 사람 한 사람, 저마다 목표와 행복이 다르니, 당연히 마이 룰도 달라집니다. 자기다운 스타일은 달라도 되기 때문입니다. 등산하는 방법과 마찬가지입니다. 어디서부터 올라가든 상관없습니다. 자기가 오르고 싶은 곳에서 오르고 싶은 만큼 오르면 되는 것입니다.

이제 아키모토 야스시 씨의 이야기로 되돌아갑시다.

미소라 히바리 씨의 〈흐르는 강물처럼〉을 비롯해 수많은 히트곡을 쓴 작사가이자, 〈더 베스트 텐〉과 같은 텔레비전 프로그램 구성작가이기도 하고, 냐옹이클럽과 AKB48의 종합 프로듀서를 맡기도 한 아키모토 야스시 씨. 고등학교 2학년 때 라디오 방송작가로 데뷔한 것을 시작으로 작사가, 프로듀서, 각본가, 영화감독 등 여러 장르에서 활약해왔습니다.

히트를 양산하는 힘의 원천은 즐겁고 긍정적인 태도라는데, 그런 아키모토 씨가 자신의 감각을 늘 신선하게 유지하기 위해 정기적으로 하는 일이 하나 있습니다.

바로 '싫어하는 사람을 만나는 것'입니다.

구마모토 캐릭터인 구마몽을 만들어냈고 방송작가이기도 한 고야마 군도 씨는 아키모토 야스시 씨를 모신 대담 자리에서, 그에 대해 다음과 같이 말합니다.

"지난달에 아키모토 씨와 함께 뉴욕에 다녀왔어요. 그런데 아키모토 씨가 택시 안에서 계속 이런저런 사람들의 험담을 늘어놓는 겁니다. '이 자식이 싫다, 저 자식이 싫다' 하면서요. 그러더니 갑자기 내게 "군도는 누굴 싫어하나?" 하고 묻는 겁니다. 사실 전 별로 싫어하는 사람이 없거든요. 그래서 "별로 없는데요" 했더니, "그래서 넌 안 되는 거야" 하지 뭡니까."

아키모토 씨는 싫어하는 사람이 없는 사람은 신뢰할 수 없다고 합니다.

고야마 씨는 말을 이었습니다.

"아키모토 씨의 경우, 싫어하는 사람이 정말 많다고 합니다. 심지어는 '그 사람들을 너무 싫어해서, 어쩌면 좋아하는 게 아닐까 싶을 때가 있다'고 말씀하시죠."

아, 아, 아키모토 씨는 정말……

"그리고 일 년에 한 번, 그 사람에게 밥을 먹자고 하고 만나면서 '역시 이 자식, 싫다. 됐어, 난 변절하지 않은 거야' 그런 생각을 한다는 말을 듣고, 왠지 아키모토 씨가 대단하다 싶더군요."

아, 아, 아키모토 씨는 정말…… (웃음)

아키모토 씨는 말합니다.

"나는 싫어하는 사람을 정기적으로 만나려고 노력합니다. 싫어하는 사람은 나와 닮거나 정반대거나 둘 중 하나니까요."

그 사람을 싫어하는 이유를 떠올려봄으로써 자신의 취향이나 신념 같은 것들을 다시 한 번 발견할 수 있다나요?

아키모토 씨는 싫어하는 사람을 거울삼아 자신의 마음을 관찰하고 있는 것입니다. 자신이 무엇을 좋아하는지, 무엇을 싫어하는지, 스스로를 깊이 알 수 있는 계기로 삼는 것이지요. 그리고 거기서 아이디어를 얻어냅니다. 싫어하는 것을 통해서도 어떻게든 배우려는 것입니다.

과연 '인생에 쓸모없는 건 아무것도 없다!'가 신조라는 아키모토 씨다운 생각입니다.

덧붙이자면 『20세기 소년』『몬스터』 같은 작품으로 알려진 인기 만화가 우라사와 나오키 씨는 사람들이 왜 좋아하는지 납득이 잘 안 되는 음악을 들으려고 애쓴다고 합니다. 왜 좋은지 알 수 없는 음악의 좋은 점을 알게 되었을 때 새로운 감성이 피어나기 때문이라는군요.

좋아하는 것은 자신의 감성을 깊이 있게 해줍니다. 반대로 이해할 수 없는 것들과 싫어하는 것들은 자신의 감성의 폭을 넓혀줍니다.

'너 자신을 알라.'

이것은 고대 그리스 아폴로 신전 입구에 새겨진 격언입니다.

'지피지기면 백전백승.'

상대방을 알고 자신을 알면 백 번 싸워도 지지 않는다. 이건 손자의 말입니다.

그럼 어떻게 해야 자신을 알 수 있는가. 아쉽게도 자신의 눈을 스스로 들여다볼 수 없듯이, 스스로는 알 수 없습니다. 자기를 알기 위해서는 '타인'이라는 거울에 비춰볼 필요가 있습니다.

그때, 자신을 가장 깊이 알 수 있게 도와주는 것이 '아주 좋아하는 사람'과 '아주 싫어하는 사람'입니다.

아주 좋아하는 것에도, 아주 싫어하는 것에도, 저마다 이유가 있기 때문입니다.

아주 싫어하는 배경에는 자신의 고집, 신념, 가치관, 소중히 하고 싶어하는 것들이 숨겨져 있습니다.

예를 들어 약속 시간에 늦는 사람이 싫은 경우, 본인이 시간을 무척 소중히 여기기 때문에 시간을 지키지 않는 사람에게 화가 나는 것이겠지요. 본인이 무엇을 소중히 하는지, 정말 싫어하는 사람을 거울삼아 알게 되는 셈입니다.

덧붙이자면 저히스이는 구두쇠가 싫습니다. 더치페이를 하는데 "지금 돈이 없으니까 나중에 줄게" 말해놓고는 잊어버리고 주지 않는 그런 유형이 정말 싫습니다. (웃음)

왜 그렇게 싫은지, 생각해보니 알겠더군요. 숨기고 말고 할 것 없이, 제가 구두쇠라 그렇습니다. (웃음) 이건 동질성을 싫어하는 경우겠지요.

자기가 정말 하고 싶은 걸 하고 있는 사람을 싫어하는 케이스도 있습니다.

사실은 본인 역시 상식에 구애받지 않고 자유롭게 살고 싶은데 그걸 할 수 없으니, 자유롭게 사는 사람을 보면 화가 나는 패턴인 것이지요.

당신이 싫어하는 사람들을 살펴보세요.
어떤 패턴을 알 수 있나요?

괴테는 말했습니다.
"내 자신을 알 수 있는 것은 즐거울 때, 혹은 괴로울 때뿐이다."
싫어하는 사람 때문에 괴로울 때야말로, 스스로에 대해 깊이 알 수 있는 기회입니다.

너무나 싫은 사람, 그는 당신의 세계를 확장시켜줄 고마운 사람인지도 모릅니다.

The Mission

오늘은 정말 싫어하는 사람에게 술을 사면서
그 사람이 좋아하는 책, 음악, 영화에 대해 물어보세요.
그것을 이해할 수 있다면
당신의 감성의 폭이 훨씬 넓어질 것입니다.
아무리 해도 도저히 이해가 안 되면,
"역시 이 자식, 정말 싫다!" 하고 혼자 소리칩시다. (웃음)

괴테의 어머니에게 배우는 룰

/

이야기의 끝을 읽지 않는다

시인 데라야마 슈지는 『롱 굿바이』에서 이렇게 노래합니다.

"어떤 새라도 상상력보다 높이 날지는 못할 것이다."

그렇습니다, 인간에게 주어진 능력 중 가장 멋진 것은 상상력이라고 해도 과언이 아니겠지요.

그렇다면 그 상상력을 어떻게 끌어낼 것인가.

『젊은 베르테르의 슬픔』 『파우스트』 같은 위대한 작품들을 남긴 독일의 문호, 괴테. 열여덟에 괴테를 낳은 젊고 명랑한 어머니, 카타리나는 어떻게 하면 아이들의 상상력을 이끌어낼 수 있을지 고민했습니다. 그러던 어느 날, 한 가지 아이디어가 떠올랐습니다. 카타리나는 괴테가 어렸을 때 매일 밤 이야기를 들려주었는데, 그에 관한 아이디어였습니다.

이야기를 듣는 소년 괴테. 마음에 드는 등장인물들의 운명이 성에 차지 않으면 얼굴이 새빨개지면서 화를 내며 눈물을 삼킬 정도였다니, 소년 괴테는 정말로 이야기에 몰입했었나봅니다.

그리고 드디어 이야기의 결말 부분이 다가옵니다.

"아아, 마지막은 대체 어떻게 끝날까?"

소년 괴테가 눈을 반짝이며 두근대는 가슴으로 기다리고 있을 때, 어머니 카타리나는 이렇게 말했습니다.

"오늘은 여기까지!"

숨 막히는 마지막 장면에서 이야기를 멈춰버린 것입니다.

"아아아!!!!!!!!!!!!!! 싫어, 마지막까지 읽어주세요!"

아무리 떼를 써도 카타리나는 들어주지 않습니다.

그렇게 그다음 이야기를 '상상하게' 만든 것입니다.

그런 상상이 계기가 되어 괴테는 어렸을 때부터 스스로 이야기와 시를 만들어냈다고 합니다.

작전 성공!

카타리나는 괴테에게 이런 말을 했습니다.

"이 세상에는 수많은 기쁨이 있단다. 그걸 찾는 방법을 익히기만 하면, 너는 분명 그 기쁨들을 네 것으로 만들 수 있을 거야."

괴테의 어머니는 이 세상이 기쁨으로 넘치는 곳이며 상상력만 있다면 그 기쁨을 얼마든지 찾아낼 수 있다고 생각했습니다. 그래서 이런 '결말 직전에 멈추기' 룰이 탄생한 것입니다.

아이를 기르며 괴테의 어머니가 제일 중요하게 생각한 것이 상상력입니다. 결말 직전에 멈추기 룰은 그런 상상력을 이끌어내는 방법이었던 셈입니다.

'위대한 이야기꾼'이라 불렸던 카타리나는 괴테의 최고의 팬이자 최고의 독자였습니다. 괴테는 어머니에게 시에 대해 의논하고 작품에 대해 묻기도 했답니다. 괴테의 감수성을 자극하고 상상력을 기른 것은, 어머니의 독특한 동화 읽기의 힘이었습니다.

여기서 유머 한마디. 듣고 있던 이야기가 도중에 끊겼을 때 괴테는 어머니에게 종종 이렇게 말했다나요?

"엄마, 그 이야기, 다 카타리나."*

이런 농담은 재미없나요? (웃음)

곁가지로, 저의히스이 아들의 상상력 이야기를 해볼게요. 아들이 초등학생이었을 때 노란 고무줄을 수십 개 묶어 방 구석구석을 연결한 일이 있었습니다. 아들은 그 길게 묶인 고무줄 밑으로 통과하면서 엄청나게 만족스러운 표정을 지었습니다. 너무나 즐거워하기에 이유를 물었더니, 이렇게 답하더군요.

"아빠, 이거, 프로레슬링 링이야. 링에 묶인 로프 밑을 통과하는 게 내 꿈이었거든."

아들은 그렇게 말하면서 아주 기쁜 얼굴로 몇 번이나 고무줄 밑으로 몸을 숙여 지나갔습니다. 상상력만 있으면 고무줄 밑을 지나가는 것만으로도 이렇게 기쁠 수가 있습니다. (웃음) 상상력만 있으면 꿈은 아주 쉽게 이루어지는 법입니다.

별자리를 보더라도 고대인들은 우리 아들에게 뒤지지 않을 만큼 상상력이 풍부했습니다.

---

* 괴테 어머니의 이름 카타리나에 빗대, 일본어인 카타루나, 즉 '말하지 마'라는 뜻으로 하는 말장난.

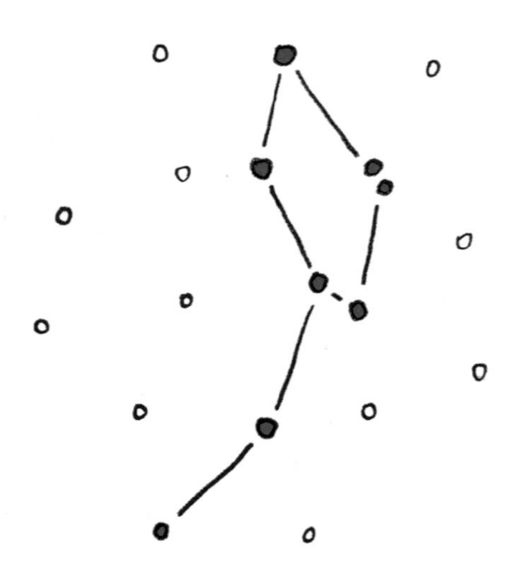

이거 무슨 별자리처럼 보이나요?

돌고래자리입니다.

"어딜 봐서 돌고래자리야!"

그런 생각이 들겠지만, 이런 걸로도 돌고래에 대한 이야기를 풀어가는 것이 바로 상상력의 즐거움입니다. (웃음)

이래봬도 나
돌고래임!

인생이라는 이야기에는, 정답이 없습니다.
정답이 없으니 자유롭게 즐기면 됩니다.
당신의 상상력으로 세상을 자유롭게 만들어나가면 됩니다.

"지식보다 중요한 것은 상상력이다. 지식에는 한계가 있지만, 상상력은 세상을 품에 안는다."

아인슈타인이 한 말입니다.

당신의 상상력으로 세상을 품에 안아보세요.

The Mission

어느 날 아침 눈을 떠보니 당신의 꿈이 전부 이루어졌다고 합시다.
모든 꿈이 이루어진 세계.
그 세계는 어떤 세계일까요?
당신은 어떤 방에서 눈을 뜰까요?
그곳에서 당신은 어떤 일을 할까요?
어떤 옷을 입고, 어떤 머리모양을 하고 있을까요?
당신 주위에는 어떤 사람들이 있고,
당신은 누구로 불릴까요?
혹시 그중에
지금 바로 실현시킬 수 있는 게 있지 않나요?

영화감독 스티븐 스필버그에게 배우는 룰

/

라스트 신부터 정한다

영화계의 거장, 스티븐 스필버그.

그가 지금까지 감독한 작품들은 (2014년 기준) 전미 흥행 수입 총 41억 5590만 1520달러에 달하며 역대 1위를 기록했습니다.

〈죠스〉 〈이티〉 〈백 투 더 퓨처〉 〈쥬라기 공원〉 등 수많은 작품을 세상에 내보낸 세계 최고의 히트 메이커입니다.

그렇지만 영화를 만드는 현장에서는 참으로 많은 문제가 계속해서 발생합니다. 스필버그 감독은 영화 잡지 〈프리미어〉와의 인터뷰에서 이렇게 말했습니다.

"영화감독의 일은 예상치 못한 문제를 해결하는 것이다. 최대의 난관이 최대의 창조적인 해결책을 만든다. 나는 현장에서 문제가 생기는 것이 즐겁다. 그 난관을 헤쳐나갈 방법을 찾는 것이 즐겁기 때문이다."

보통 사람들은 예상치 못한 문제가 생기는 걸 싫어합니다. 그런데 난관을 헤치고 아이디어를 내는 게 자신의 즐거움이라니, 과연 세계 최고의 히트 메이커답습니다.

분명 스필버그 감독의 이력서에는 이렇게 쓰여 있겠지요.

· 취미 → 트러블
· 좋아하는 것 → 역경
· 언젠가 해보고 싶은 말 → 그거 참, 난감하네.
· 좋아하는 음식 → 햄버그(스필'버그'니까)

세계적인 베스트셀러 『해리 포터』를 영화화할 때도 감독 제의를 받았습니다만, 그걸 거절했다고 합니다. 그는 왜 거절했을까요? “성공이 보장된 것이나 다름없었으니까”가 이유였다고 합니다. 성공이 눈에 보여서 거절했다는 것입니다. 과연 취미가 ‘트러블’인 남자답지 않습니까? (웃음)

그런 그가 리허설을 거의 하지 않는다는 건 아주 유명한 이야기입니다. 엄청나게 빠르게 영화를 찍는 편이라, 러닝 타임이 세 시간 정도인 〈라이언 일병 구하기〉도 두 달 만에 촬영을 끝냈다고 합니다. 그렇게 빨리 찍을 수 있는 비결은 관객에게 보여주고 싶은 결말이 정해져 있기 때문입니다. 스필버그 감독은 영화를 찍을 때, 라스트 신부터 정해두는 것을 좋아한다고 합니다.

처음부터 차근차근 만들어가는 스타일은 도중에 방향을 잃어버릴 가능성이 있습니다만, 라스트 신이 정해져 있으면 도중에 헤매게 되더라도 타개책을 찾기가 쉬워집니다.

라스트 신부터 정한다.
이를 인생에 대입시켜 생각해본다면, 어떻게 살고 싶은지, 어떤 사람이 되고 싶은지 인생의 결승점을 일단 그려놓고, 그다음 살아가는 방법을 정하는 방식이라고 할 수 있겠죠.

결승점을 정하고 출발한 순간 일어나는 일들은, 모두 라스트 신을 향하기 위한 '복선'이 됩니다.

가로막고 서 있는 역경들과 적들은 마지막을 더욱 빛나게 해줄 '조연'이 되겠지요.

제가히스이 아는 사람 중에 사업에 실패하고 1억 엔의 빚을 진 사람이 있었습니다. 1억 엔을 어떻게 갚을지 도저히 가늠이 되지 않

아 망연자실한 상태였습니다.

그러던 어느 날, 그는 목표를 잘못 세웠다는 사실을 깨달았습니다.

'1억 엔을 어떻게 갚을 것인가.' 이 목표의 라스트 신은 1억 엔의 빚이 제로가 되는 것뿐입니다. 마이너스가 제로가 되는 라스트 신을 머릿속에 그린다면 의욕이 전혀 솟지 않는다는 사실을 깨달았던 겁니다.

그렇다면 최고의 라스트 신은 무엇인가?

빚을 갚으면서도 동시에 매월 300만 엔 정도의 수입이 있어, 가족이 매달 일주일 동안 가족여행을 하는 라이프 스타일을 상상해보았습니다. 그 라스트 신을 그리면서 너무나 가슴이 뛴 나머지, 빚을 갚는 도중에 일주일 가족여행을 떠나버렸다고 합니다. (웃음) 그러자 정말 이런 미래를 살고 싶다는 기운이 솟으면서 그로부터 몇 년 안에 꿈에 그리던 미래를 실현시켰다는군요.

두근대며 상상할 수 있다면, 그 상상을 실현시키기 위해 온 힘을 다해 나아갈 수 있습니다.

온 힘을 다해 나아가다보면, 달까지도 갈 수 있는 게 우리 인류의 위대함입니다.

말 그대로 인생의 라스트 신, '인생 최후의 순간'을 늘 의식의 중심에 두는 게 중요합니다.

예를 들어 당신은 앞으로 몇 번이나 벚꽃을 볼 수 있을까요?

인생을 80까지라고 합시다. 지금 40이라면 앞으로 마흔 번 남은 셈입니다. 이 순간에도, 일 분 일 초, 시간은 흘러가고 있는 것입니다. 이것은 진실입니다.

애플의 스티브 잡스는 매일 아침, 거울에 비친 자신에게 이렇게 질문하는 것을 마이 룰로 삼았다고 합니다.

"만약 오늘이 내 인생의 마지막 날이라고 해도 나는 지금 하려는 일을 할 것인가?"

아니다, 라는 답이 들려오면, 그때마다 삶의 방식을 재점검했다지요.

'만약 오늘이 인생의 마지막 날이라면?'

이 관점을 결코 잊어서는 안 됩니다.

자, 이제 당신의 최고의 라스트 신을 상상해봅시다.

다섯 가지 질문을 할 테니 잘 생각해보시길 바랍니다.

① 죽기에 가장 이상적인 나이는 몇 살일까요?

예순둘? 일흔여덟? 여든여덟? 백 살? 백스무 살?

몇 년일까요? 그때 당신의 남편 혹은 아내, 자녀와 손자손녀들은 몇 살일까요?

② 인생의 마지막 순간이 오면, 그때까지의 인생이 슬로모션으

로 떠오른다고 합니다.

자, 당신은 어떤 영상이 떠올랐을 때 후회 없는 인생을 보냈다고 할 수 있을까요?

스쳐 지나가는 인생의 영상을 본 마지막에 감개무량하게 한마디 내뱉는다면, 당신은 어떤 말을 하고 싶은가요?

③ 당신은 만년에 어떤 사람들에게 둘러싸여 있을까요? 당신은 무엇을 해낸 사람이라고 모두의 기억에 남을까요?

④ 당신의 장례식입니다. 마지막 작별 인사로 어떤 말을 듣고 싶은가요? 마지막까지 스스로에게 정직했던 사람? 어떤 일이 있어도 웃었던 사람?

⑤ 만약 80대에 죽는다면, 당신은 70대에 무엇을 하고 있을까요? 70대에 그렇게 되기 위해 60대에는 무엇을 하고 있을까요?

그리고 50대, 40대…… 거꾸로 생각해봅시다. 그러기 위해 삼 년 후에는 무엇을 하면 좋은지, 일 년 후에는 무엇을 하면 좋은지, 그리고 지금은 무엇을 하면 좋은지, 미래에서 지금으로 건너오는 징검다리를 만들어보는 겁니다.

지금이 이러니까, 라는 식으로 생각하는 게 아니라, 이렇게 되고 싶으니까 미래에서 거슬러 내려와 현재를 떠올리는 방식입니다. 최고의 미래를 지금으로 끌어오는 것입니다.

라스트 신을 정해두면, 오늘부터 현실 속에서 그 마지막 장면을 향한 사인(복선)이 나타나기 시작합니다. 그 사인을 놓치지 않고 호기심이라는 나침반에 따라 행동한다면, 그 미래는 지금 이 세계에 펼쳐질 것입니다.

미래는 그것을 향해 가는 게 아닙니다.
지금 이곳으로 불러오는 것입니다.

The Mission

지금 당신이 고민하는 문제.
어떻게 하면 최고로 해결된 상태가 될까요?
마이너스를 0으로 만드는 것이 아니라,
마이너스가 플러스 100,000이 되는,
최고의 라스트 신을 상상해봅시다.

켄터키 프라이드 치킨 창업자에게 배우는 룰

/

다른 사람을 위해 아낌없이 돈을 쓴다

켄터키 프라이드 치킨의 창업자, 커널 샌더스에게는 큰 문제가 있었습니다.

절친한 벗 피터 허먼에 의하면 "커널은 아낌없이 돈과 물건을 주는 게 탈"이었습니다. 커널 샌더스는 그런 말을 들을 정도로 다른 사람을 위해 아낌없이 돈을 쓰는 남자였습니다.

'커널 정도 돈이 많으면 다른 사람을 위해 돈 좀 쓰는 거, 뭐가 그렇게 어렵겠어.' 그런 생각을 했다면, 틀렸습니다! 커널은 궁핍했던 시절부터 매월 수입의 일정 정도를 기부했습니다. 텔레비전에 출연하면서부터는 출연료를 전액 대학에 기부했고, 자서전 인세도 전부 병원에 기부했다고 합니다.

커널은 원래 철도 관련 일, 보험외판원, 램프 제조판매, 타이어 세일즈맨 같은 맥락 없는 직업들을 전전했었습니다. 회사와 다툼이 끊이질 않았기 때문입니다. 누구 밑에서 일하는 게 성격에 맞지 않는다고 느낀 것이 30세가 되기 직전. 커널은 월급쟁이를 그만두고 켄터키 주에서 주유소를 경영하기 시작합니다.

그러다 40을 목전에 두고 주유소 문을 닫습니다. 재산을 탕진했지만, 다른 곳으로 이주해 다시금 주유소를 경영하기 시작합니다. 그리고 창고로 쓰던 작은 방에 테이블과 여섯 개의 의자를 놓고 주유소에 들르는 운전사들이 쉴 수 있는 자그마한 '샌더스 카페'를 만들었습니다.

거기 메뉴에 켄터키 주 명물 요리인 프라이드 치킨을 올린 것이 켄터키 프라이드 치킨의 시작이었습니다만, 그건 커널이 65세가 된 다음의 일이었습니다. 그 전까지 커널은 늘 돈에 쪼들렸습니다. 하지만 그는 다른 사람을 위해 아낌없이 돈을 썼습니다.

이런 일이 있었습니다.

'샌더스 카페'가 있던 마을에 부모와 가족을 잃은 백 명 가까이 되는 아이들이 지내는 고아원이 있었습니다. 커널은 종종 이 고아원을 찾아가 아이스크림과 과자를 아이들에게 나눠주었습니다. 크리스마스이브에도 낮에만 카페를 열고 아이들에게 칠면조를 베풀었습니다. 산타클로스의 쌍둥이 형제 같은 커널의 풍모로 보건대, 아이들이 정말로 기뻐했을 테지요.

어느 날 커널은 이 고아원의 궁핍한 사정에 대해 듣게 됩니다. 돈이 없어 시설을 계속 운영하기 어려운 상황이었습니다. 커널은 그 자리에서 기부 얘기를 꺼냈습니다. 하지만 고아원에 필요한 돈은 커널이 도와줄 수 있는 액수가 아니었습니다. 은행 계좌에 있는 전 재산보다 더 많았으니까요.

하지만 커널은 자신이 도와주지 않으면 고아원이 문을 닫을 수밖에 없고 아이들이 오갈 데 없어진다며 나올 구멍이 없는 액수를 수표에 써서 기부했습니다.

무서워라, 커널 산타클로스 정신이여!

이후 그는 어떻게 되었을까요?

이상하게도 그 후 그가 운영하던 카페 레스토랑에 단체 손님들이 붐비면서 가게가 번창했습니다. 부도를 내는 일은 일어나지 않았습니다.

그가 도와주려고 했던 것은 아이들뿐만이 아닙니다. 알코올 중독자들을 돕기 위해 금주동맹에 가입하고 그 활동에도 적극적으로 참여했습니다.

커널은 그렇게 다른 사람들을 위해 시간과 돈을 할애했습니다.

그런 커널 샌더스의 삶은 어떠했을까요?

공교롭게도 연속되는 불운과 위기가 그를 덮쳤습니다.

커널의 카페 메뉴인 수제 프라이드 치킨이 맛있다는 평판이 나던 무렵, 화재가 발생해 전 재산이 잿더미가 되고 말았습니다. 커널이 50을 목전에 두었을 때였습니다. 이때만큼은 모든 것을 놓아버리고 싶었다고 커널은 회상합니다.

하지만 이 절망을 지탱해준 것이 커널의 요리 맛을 아끼는 단골손님들의 따뜻한 성원이었습니다. 커널은 이때 결심합니다. 여기서 포기하면 안 된다, 그들을 위해 재기해야겠다.

그리고 커널의 가게는 보다 큰 카페 레스토랑으로 다시 태어나게 됩니다.

그런데 이번에는 고속도로 건설이 시작됩니다. 주를 횡단하는 고속도로가 완공되자 국도 옆에 있었던 샌더스의 카페에 들르는 여행자들이 급감합니다. 손님들의 발길이 완전히 끊겨 가게를 꾸려나갈 수 없게 되자 문을 닫아야만 하는 상황에 직면합니다. 가게를 팔고 밀린 대금을 치르고 나니, 커널 손에 남은 것은 아무것도 없었습니다.

다른 사람들을 위해 아낌없이 돈을 썼던 커널 샌더스가 60세가 넘어 무일푼이 되고 만 것이지요.

그러나 여기서부터 커널의 인생 극장이 전환을 맞이합니다.

무일푼이 되었던 커널에게 매달 돈을 입금해주는 사람이 있었습니다. 카페 손님 중 하나였던 레스토랑 경영자, 피터 허먼입니다. 커널이 만드는 프라이드 치킨 맛에 감동을 받아 그에게 비법을 배운 대신, 치킨 한 조각이 팔릴 때마다 4센트를 지불하기로 약속했기 때문입니다.

(덧붙이자면 바로 이 피터가 켄터키 프라이드 치킨이라는 이름

을 제안하면서 세계 최초의 프랜차이즈 1호점이 됩니다.)

'가게도 망했겠다, 그냥 이 치킨 레시피를 팔면 어떨까?'

커널의 아이디어가 번득인 순간입니다. 자기가 만든 프라이드 치킨 맛에 자신이 있었기 때문입니다.

이때, 커널의 나이가 65세.

중고차에서 먹고 자면서 밤낮으로 레시피 영업을 하러 돌아다니는데, 이후 기적의 약진을 거듭했다는 것은 말하나 마나 한 사실이죠. 5년에 200개, 7년에 600개, 90에 세상을 뜨기 전까지 전 세계 48개국으로 6000개의 프랜차이즈 지점이 생겨나게 됩니다.

이것이 다른 사람을 위해 아낌없이 돈을 썼던 남자의 라스트 신입니다.

카페에 불이 났기 때문에 단골손님들의 성원과 배려를 온몸으로 느낄 수 있었습니다.

그리고 불이 나고 보다 큰 가게로 개업하는 과정에서 치킨 조리시간이 대폭 단축되었습니다. 카페가 커진 만큼 그때까지 삼십 분 이상 걸리던 조리시간을 단축해야 했고, 시행착오를 거듭한 끝에 단 칠 분 만에 조리할 수 있는 방법을 고안해낸 것입니다.

그리고 마지막으로 닥쳐온 엄청난 시련. 고속도로가 생겨나 여

COLONEL
SANDERS
Kentucky Fried Chicken.

행자들이 찾지 않게 되면서 문을 닫아야만 할 지경이 되었을 때, 이 시련이 식당 경영에서 레시피를 파는 스타일로 변화시켰고, 커널의 치킨이 전 세계에 퍼지게 하는 도화선이 되었습니다.

화재가 일어난 것도, 레스토랑이 망한 것도, 모두 최고의 라스트 신을 향해 있었던 것입니다.

커널 샌더스는 이렇게 말했습니다.

"무슨 일이든 사람들을 기쁘게 하겠다는 마음으로 행한다면 신께서는 반드시 보살펴주신다."

사람들을 기쁘게 하고 싶다. 이것이 커널의 원점이었습니다.

방법 이상으로 중요한 것은 어떻게 사느냐, 어떤 동기에서 출발했느냐 하는 점입니다.

동기에 사랑이 있으면 라스트 신도 사랑입니다.

커널의 인생은 앞에서 말한 스필버그의 '라스트 신부터 정한다'는 삶의 방식과는 다릅니다. 커널은 이렇게까지 멋진 라스트 신이 기다리고 있을 줄 알았을까요?

사람은 크게 '목표형'과 '전개형', 두 가지 유형으로 나눌 수 있습니다.

목표를 정하고 그 목표를 향해 돌진하는 것이 즐겁고 두근대는 유형, 그리고 목표를 정하지 않은 채 전개에 스스로를 맞춰가는 편이 즐거운 유형. 정상이라는 목표를 향해 가는 등산 스타일과, 밀려오는 파도를 타는 서핑 스타일이라고 바꿔 말해도 되겠지요.

이건 취향의 차이입니다. 어느 쪽이든 상관없습니다. 시기에 따라서도 다릅니다. 전개형인 사람이 목표형으로 살 때도 있는 법, 즐길 수만 있다면 어느 쪽이든 괜찮습니다.

어느 쪽이든 커널 샌더스처럼 사랑이라는 동기로 행동을 거듭하다보면 무슨 일이 일어나든 무서울 게 없습니다.

위기가 계속되더라도 무섭지 않습니다.

모든 것은 최고의 라스트 신으로 연결되기 위한 복선에 지나지 않습니다.

하늘이 반드시 마지막을 지켜줄 것입니다.

한순간, 한순간, 사랑을 선택한다.

그리고 라스트 신은 신에게 맡긴다.

이것이, 커널 샌더스의 마이 룰이었습니다.

The Mission

당신은 지금 하고 있는 그 일을
무엇을 위해 하고 있나요?

개그맨 아카시아 삼마에게 배우는 룰

/

대본을 만들지 않는다

아카시아 삼마 씨가 31년 동안 진행한 장수 토크쇼 프로그램 〈삼마노 맘마〉(1985년~2016년)에는 룰이 있었습니다.

우선 절대로 밑에 자막을 쓰지 않는다.

그리고 대본을 만들지 않는다.

이것이 삼마 씨의 마이 룰입니다.

삼마 씨의 생각은 이렇습니다.

"개그란 회의를 통해 만들어지는 게 아니다."

"개그는 대본으로 컨트롤할 수 없다. 개그맨의 실력인 애드리브로 완성되는 것이다."

이는 정해진 것이 아닌, 무엇이 튀어나올지 알 수 없는 지금 이 순간에, 어디까지나 진검승부를 하겠다는 삼마 씨의 룰입니다.

『육감으로 결정하면 무엇에도 흔들리지 않게 된다』의 저자이며 오키나와의 영성 상담가인 후텐마 나오히로 선생님과 합동 강연을 했을 때의 일입니다. 강연 직전 저는 대기실에서 강연 대본을 만들려고 노트에 열심히 적으며 준비하고 있었습니다.

그러자 후텐마 선생님이 "히스이 씨, 뭐 해요?" 하고 묻더군요.

"강연을 해야 하지 않습니까. 준비를 해야죠."

"안 하는 게 좋을걸요?"

"네?!"

놀란 저에게 후텐마 선생님은 말했습니다.

"히스이 씨는 벌써 책을 몇십 권이나 썼잖아요. 그것으로 준비는 충분합니다. 준비를 하면 준비한 내용에 휘둘려서 그 내용만 얘기하고 싶어져요. 하지만 준비하고 있을 땐 눈앞에 청중이 없잖아요. 중요한 건 눈앞에 있는 청중을 제대로 느끼고, 그때 떠오르는 것에 대해 말하는 겁니다. 그래야 히스이 씨가 말하고 싶은 내용이 아니라 청중에게 제일 필요한 이야기를 하게 되죠."

그렇구나. 저는 후텐마 선생님께 "그렇게 할게요!" 기세 좋게 대답하고는 대기실에서 나와 화장실에 숨어 준비했습니다. (웃음) 준비도 계획도 없이 청중 앞에 서는 건 무척 겁이 나는 일이었거든요. 게다가 저처럼 사람들 앞에 서면 긴장으로 쭈뼛쭈뼛 머리털이 서는 사람은 더더욱 그렇죠.

그렇지만 후텐마 선생님의 말씀에 납득이 됐던 것도 사실입니다. 그래서 그날부터 강연 스타일을 조금씩 바꾸는 데 도전했습니다. 처음과 마지막은 철저히 준비를 했습니다. 다만 중간 십오 분은 계획 없이 이야기를 했지요. 그리고 이런 시간을 서서히 늘려갔습니다. 덕분에 지금은 천 명의 청중을 앞에 두고도 첫 한 마디도 준비 없이 무대에 설 수 있게 되었습니다.

눈앞에 있는 사람들과 나를 느끼며, 그 순간 내 안에서 솟아오르는 것들을 이야기하게 된 것입니다.

닥치면 닥치는 대로 헤쳐나가되, 그때그때 대충 하는 게 아니라 그때그때 하나하나 제대로.

계획이 없는 게 최고의 계획입니다.

삼마 씨 이야기로 돌아가지요.

정답을 찾아 준비하고 대본을 꼼꼼히 만들어야 하는 세계도 있지만, 원체 삼마 씨는 제일 재미없는 게 바로 그 정답이란 것이라고 생각하는 사람입니다. (웃음)

삼마 씨가 대본을 만들지 않는 까닭도, 지금, 여기, 이 순간을 확실하게 느끼고 눈앞에 있는 사람들을 가장 소중히 여기기 위해서입니다.

그 결과 〈삼마노 맘마〉는 수많은 토크쇼 중에서도 게스트가 가장 솔직히 자신을 드러내는 프로그램이 되었습니다. 여자 게스트가 제일 많이 눈물을 흘린 것도 이 프로그램이라고 합니다.

이 프로그램이 시작된 해, 삼마 씨에게는 엄청난 일이 있었습니다. 1985년 8월 12일에 발생해 520명의 희생자를 낸 대참사, JAL 123편 추락사고입니다.

삼마 씨는 원래 이 비행기에 탑승할 예정이었다고 합니다. 그런데 직전 프로가 예정보다 빨리 끝나는 바람에 예약을 취소하고, 그보다 하나 앞선 비행기를 타서 목숨을 부지했다는군요.

삼마 씨는 이때, 지금 여기 살아 있다는 것에 대한 인식이 크게 변했는지도 모르겠습니다.

"살아 있는 것만으로도 고스란히 이득."

이것은 아카시아 삼마 씨의 좌우명입니다. 따님의 이름인 '이마루'도 '살아 있는 것만으로도 고스란히 이득이키테루다케데 마루모케'에서 따온 이름이라고 합니다.

마지막으로 삼마 씨의 명언으로 마무리하도록 하죠.

삼마 씨가 누구에게 어떤 존재이고 싶은지, 이 말에 잘 드러나 있습니다.

"나는 행복한 사람을 감동시키고 싶은 게 아니다.
울고 있는 사람을 웃게 하고 행복하게 해주고 싶은 것일 뿐.
그것이 나의 개그 철학이다."

The Mission

당신에겐 지금 잃어서는 안 되는 것,
잃으면 다시는 일어설 수 없을 것 같은 무언가가 있나요?
세 가지만 써보겠습니까?

쓰셨습니까?
당신은 그 세 가지를 이미 가지고 있군요.
살아 있는 것만으로도 엄청난 이득이네요.
행복은 이루어지는 게 아니라 깨닫는 것입니다.

해양모험가 시라이시 고지로에게 배우는 룰

/

오렌지 주스를 엄청나게 마신다

요트의 프로이며 해양모험가인 시라이시 고지로 씨가 제일 곤혹스러워하는 곳이 어디인지 아세요? 바로 바다랍니다.

바다에서 모험하는 남자가 바다가 곤혹스럽다니……

실은 엄청나게 뱃멀미를 한다는군요.

시라이시 씨는 스물여섯 살 때, '스피릿 오브 유코 호'를 타고 176일간의 세계 최연소 단독 무기항 세계일주를 달성했습니다. 2007년에는 단독 세계일주 요트 레이스 '5 오션스' 클래스 I에 아시아인으로서는 최초로 참가해 종합 2위의 쾌거를 올렸고요. 그 이듬해에는 샌프란시스코 요코하마 간 단독 횡단 세계신기록을 수립한, 그야말로 바다의 프로페셔널, 바다의 모험가입니다.

요트 세계일주 항해에는 1회 100일 이상이라는 오랜 시간이 소요됩니다. 원래는 열둘 혹은 열세 명이서 조종하는 대형 요트를 홀로 조종하며 그는 전 세계 바다에 도전했습니다.

그런 그의 고민이 놀랍게도 뱃멀미라고 합니다. 뱃멀미가 아주 심한 편이라는군요. 극심하게 흔들리는 배, 그리고 도망칠 곳 없는 바다. 먹고 토하고, 먹고 토하고, 혼자 배를 몰아야 하기 때문에 잠도 잘 수 없습니다. 다시 말해 이십사 시간 뱃멀미를 계속하는 겁니다. 항해를 시작하고 처음 사흘은 매번 뱃멀미로 죽을 것 같다고 합니다.

바다의 모험가로서 치명적이 아닐 수 없는 이 고민을 해소하기 위해, 시라이시 씨가 고안해낸 마이 룰은 바로 '배에 오르기 전 오렌지 주스를 엄청나게 마신다'.

오렌지 주스에는 뱃멀미를 억제하는 아주아주아주 강력한 효능이……

있을 리가요!
그런 효능은 전혀 없습니다! (웃음)

그렇다면 왜 오렌지 주스를 마실까요?
시라이시 씨는 이런 생각을 했습니다.
'어차피 뱃멀미를 할 거면, 뭔가 재미있게 할 수 없을까? 이 끔찍한 뱃멀미를 즐길 방법이 없을까?
뱃멀미를 하는 것도 구토를 하는 것도 내가 어떻게 할 수 있는 게 아니다. 고치지 못하는 결점도 세상엔 있는 법이다.
자, 그럼 어떻게 하면 즐겁게 뱃멀미를 할 수 있을까?
어떻게 하면 기분 좋게 구토를 할 수 있을까?'
그렇게 생각을 바꾼 것입니다. (웃음)

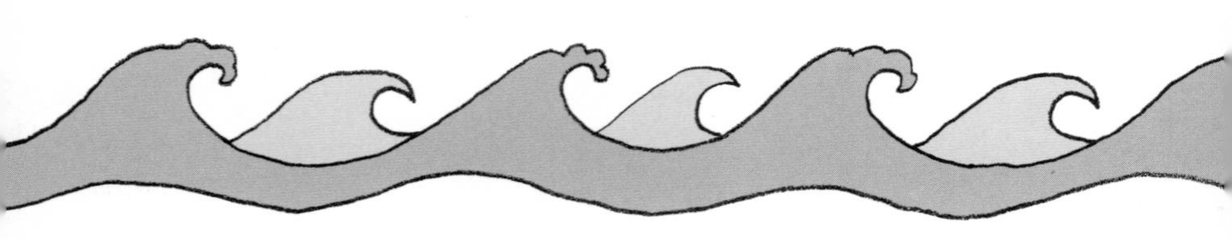

그리고,

드디어,

드디어,

드디어,

도달한 결론,

그것은……

"오렌지 주스를 마시고 토하면, 맛있잖아!"

해양모험가는 드디어 알게 되었습니다. 오렌지 주스의 맛은 위산의 신맛에 가까워서, 구토를 했을 때 그나마 기분이 제일 낫다는 것을. 근 백 년을 통틀어 가장 위대한 발견이라고 해도 과언이 아닙니다. (웃음)

결점은 꼭 고쳐야만 능사가 아닙니다.
인류에게는 결점까지도 즐기는 수완이 아직 남아 있습니다!

시라이시 씨는 말합니다.
"나는 요트에 맞지 않는 사람입니다. 좋아하는 것과 자기에게 맞고 안 맞고는 전혀 다른 문제거든요."
엄청나게 뱃멀미를 하는 남자는 분명 바다와는 맞지 않는다고 할 수 있겠죠. 하지만 그래도 바다를 좋아합니다. 너무나 좋아합니다. 어떡해야 할까요? 좀 곤혹스럽더라도 결점까지 전부 받아들이고 인정하면서 즐겨버리는 것이 방법입니다.
"어떻게 하면 그것을 즐길 수 있을까?"
그런 의문을 스스로에게 던져보는 겁니다.

지금의 시라이시 씨의 모습은 어린 시절의 경험에서 비롯되었다고 합니다.

가마쿠라의 바다를 바라보며 느꼈던, '바다 저편에는 무엇이 있을까?' 하는 호기심. 시라이시 씨의 꿈은 그때 품었던 마음에서 시작되었습니다.

가마쿠라 대불 인근에 있는 하세 유치원 출신인 시라이시 씨. 이 유치원은 저의다키모토 아들딸을 키워준 유치원이기도 합니다.

가마쿠라에 이주해서 처음 고민한 것이 바로 아이들 유치원 문제였습니다.

아이들은 모두 아티스트입니다. 어떤 아이든, 모두 다 멋진 무언가를 가지고 태어납니다. 그 멋진 무언가를 어떻게 하면 꺾지 않고 키워줄 수 있을까…… 그런 고민을 하면서 몇몇 유치원을 돌아보았습니다.

그러던 중 하세 유치원을 견학하게 됐는데, 그때 그제껏 제가 유치원에 대해 가지고 있던 상식이 완전히 깨졌습니다.

유치원 마당은 울퉁불퉁했고, 듬성듬성 작은 냇물처럼 진흙물이 흘렀으며, 그 속에서 맨발의 아이들이 시커멓게 흙탕물을 튀기며 강을 만들고 있었습니다. 나무 아래에서는 자그마한 아이들이 톱과 망치를 능숙하게 다루어 자투리 나무들을 포개며 정체를 알 수 없는 무언가를 만들고 있었습니다.

그리고 5세 반, 6세 반, 7세 반처럼 연령별로 반을 나누지 않고 세 연령대를 섞어서 반을 나누었습니다. 그러니 7세 아이들이 어린 동생들을 당연한 듯이 보살피고 있었습니다.

유치원의 원칙은 무조건 자유로울 것. 마당 구석에 멍하니 서 있는 아이가 있더라도 교사가 다른 아이들과 같이 놀라며 억지로 끌고 가는 법이 없습니다. 교사는 아이 옆에서 그저 그 아이가 하고 싶은 일에 집중할 수 있게 도와줄 뿐입니다.

"여기서는 모두 아이들 스스로 합니다."

엔초라는 별명으로 불리는 원장 선생님은 그렇게 말했습니다.

그 유치원의 룰은 '아이들이 각자 자유롭게 행동할 수 있게 할 것. 모든 것을 아이들 스스로 생각하고 스스로 구축하게 할 것'이었습니다.

"정말 굉장한 유치원이에요. 제 출발점이기도 하고요."

시라이시 씨도 극찬을 하더군요.

"전 뱃멀미 때문에 지금도 항해에 나서면 며칠 동안은 죽을 맛입니다. 게다가 요트는 얼마나 돈이 많이 드는지 몰라요. 그런데 전 돈도 별로 없고 든든한 스폰서도 없어요. 그래서 배를 타지 않을 땐 자금을 모으느라 동분서주합니다. 재능이니 환경이니 그런 것과는 전혀 거리가 멀죠."

하세 유치원에서 자유를 만끽한 시라이시 씨.

돈이 곧 자유가 아닙니다. 돈이 곧 풍요로움이 아닙니다.

자금난까지도 즐길 수 있는, 뱃멀미까지도 즐길 수 있는 마음가짐이야말로 진정한 풍요로움이며, 거기에 바로 진정한 자유가 있습니다.

진정한 풍요로움이란 돈이 없는 것도 즐길 수 있고 돈이 있는 기쁨도 아는 상태를 말합니다. 어느 쪽이든 모두 기뻐하고 즐길 수 있는 것을 말합니다.

풍족한 환경이 아니더라도, 곤혹스러운 일이 생겨나더라도, 인생은 아직 마음껏 즐길 수 있는 것들로 가득합니다.

"누군가 저에게 바다를 항해하는 게 뭐가 좋으냐고 묻는다면, 저는 내면을 바라볼 시간이 충분히 주어지는 것이라고 대답하겠습니다. 바다 위에서는 일상의 잡념에서 벗어나 자연과 오롯이 마주할 수 있습니다. 바람이 잔잔한 밤이면 온 하늘의 별들이 바다에 비치며 저를 감쌉니다. 오로라도 볼 수 있고 별똥별도 볼 수 있지요. 바다에 있으면 나라는 존재가 광대한 우주의 조그만 일부에 불과하다는 걸 피부로 실감할 수 있습니다. 내가 얼마나 보잘것없는 존재인지도 깨닫게 되지요."

바다에는 고통만 있는 게 아닙니다.

The Mission

좋아하지만 자신에게 맞지 않는 일이 있나요?
어떤 이유 때문인가요?
그것을 즐길 수 있는 방법은
정말 없을까요?

디즈니랜드 창업자 월트 디즈니에게 배우는 룰

/

꿈에 이름을 붙인다

중고차에는 사고가 나기 쉬운 차와 좀처럼 사고가 나지 않는 차가 있다고 합니다. 그 차이는……

전에 고급 스포츠카를 전문으로 판매하는 분을 만난 적이 있습니다. 중고차를 살 때, 그 차의 '분위기'를 파악하고 가격을 매긴다고 하더군요. "분위기란 게 정확히 무슨 뜻인가요?" 하고 물었더니 "차가 깨끗하냐 아니냐 그런 뜻이 아니라 사랑받은 차인가 아닌가, 그런 분위기는 느낄 수 있다"고 하더군요. 아낌을 받지 못했던 차는 아무리 깨끗해 보여도 초라한 느낌이 난다고요. 그리고 초라한 느낌이 있는 차는 두고두고 고장과 사고가 끊이질 않는다고요.

그리고 분위기가 좋은 차인지 나쁜 차인지는, 차를 직접 보지 않아도 알 수 있는 경우가 있다고 합니다. 그게 뭔가 하면, 바로 '이름'입니다. 차에 이름을 붙이는 사람이 몰았던 차는 100퍼센트 분위기가 좋다는군요.

이름을 붙이는 이유, 그건 바로 소중히 하고 싶기 때문입니다.

꿈과 마법의 왕국, 디즈니랜드도 바로 이런 '이름 붙이기'에서 시작되었습니다.

월트 디즈니는 두 딸이 어렸을 때, 카니발이며 동물원이며 놀이공원이며 여기저기 데리고 다녔습니다. 그러던 어느 날, 딸들은 회전목마를 타며 놀고 있는데 자기는 벤치에 앉아 팝콘이나 먹으며 따분하게 기다리고 있다는 것을 깨닫고 의구심을 갖습니다.

부모와 아이들이 함께 즐길 수 있는 곳은 왜 존재하지 않는 걸까? 없으면 만들어야 하는 게 아닐까?

누가?

그렇게 생각한 내가!

'아이 어른 할 것 없이 모두가 즐길 수 있는, 그 누구도 본 적 없는 놀이공원을 만들자.'

삼십 대 후반에 월트는 그런 꿈을 상상하게 됩니다. 그렇지만 꿈이 너무 크군요. 막대한 융자도 받아야 하니, 꿈은 형태를 이루지 못하고 십 년의 세월이 흐릅니다.

흐름이 크게 변하면서 꿈에 속도가 붙은 해는 1948년입니다.

그해에 무슨 일이 있었냐고요?

월트는 막연히 상상만 하던 꿈의 왕국에 이름을 붙입니다.

이름하여 '미키마우스 파크'.

아이에게 이름을 붙이는 이유는, 사랑하고 싶어서입니다.

당신에게 이름이 있는 까닭은, 부모님이 당신을 사랑했기 때문입니다.

이름, 그것은 사랑받고 있다는 증거입니다.

1948년, 월트가 그렸던 꿈의 왕국에 이름이 붙었습니다.

꿈과 마법의 왕국에 이름을 붙여주었기에, 월트는 꿈이 현실인 것처럼 다른 사람들에게 말할 수 있게 되었습니다. 그러자 그때까지 월트의 머릿속에만 존재했던 꿈의 왕국이, 마치 현실인 것처럼 사람들에게 전해지게 됩니다. 그러자 그 꿈을 함께 실현하고 싶다는 사람들이 생겨나기 시작했습니다.

최종적으로는 아시다시피 '디즈니랜드'라는 명칭이 되었습니다만, 그해, 꿈에 이름을 붙임으로써, 월트 디즈니는 꿈의 왕국에 생명을 불어넣은 것입니다.

우선 비전을 머릿속에 그립니다. 그다음 그 비전에 이름을 붙이고 말로 다듬어갑니다. 그러다보면 결국 실현을 위한 행동이 기다리고 있게 됩니다.

그 오 년 후인 1953년, 전설처럼 전해지는 '그날'이 찾아옵니다.

그 무렵 월트의 머릿속에는 디즈니랜드에 대한 구상이 완벽하게 짜여 있었습니다. 하지만 그것을 실현하기 위해서는 막대한 비용이 필요했는데, 좀처럼 융자를 받지 못했다고 하지요. 그러던 중, 형 로이 디즈니가 뉴욕으로 날아가 은행에서 프레젠테이션을 하게 되었습니다. 그 직전, 월트에게 아이디어가 반짝 떠오릅니다.

'머릿속에 존재하는 디즈니랜드를 완성 예상도처럼 그림으로 그려보면 어떨까?'

그러나 로이는 월요일에 출발해야 하고 지금은 토요일 아침입니다. 남은 시간은 사십팔 시간. 하지만 월트는 포기하지 않습니다. 일러스트를 하는 친구 허브 라이먼을 부르지요.

"놀이공원을 만들기로 했어. 형이 건축 융자를 받기 위해 뉴욕에 갈 거야. 거기서 프레젠테이션을 하는데, 완성 예상도를 그림으로 보여주면 좋겠다는 아이디어가 떠올랐어."

"그거 좋은 생각이군. 나도 보고 싶은데? 그래, 그 완성 예상도는 어디 있는데?"

"그걸 자네한테 그려달라고 할 생각이야."

"형님은 언제 출발하는데?"

"모레."

"……"

"지금 바로 그려줘."

라이먼은 서둘러 완성 예상도를 그리기 시작합니다. 책상에 앉은 라이먼 옆에서 자신이 꿈꾸는 어떤 모습에 대해 얘기하는 월트. 두 사람은 이틀을 꼬박, 한 잠도 자지 않고 '디즈니랜드'를 짓고 또 지었습니다.

그리고 월요일. 로이는 라이먼이 그린 완성 예상도를 들고 뉴욕으로 떠납니다.

결과는 성공, 사십팔 시간의 기적입니다.

이십 년 세월 동안 월트가 끊임없이 머릿속으로만 꿈꾸었던 디즈니랜드는 그로부터 이 년 후인 1955년 7월 18일, 캘리포니아 주 애너하임에 개장하게 됩니다.

디즈니랜드가 결국 세상에 모습을 드러낸 것입니다.

이때, 월트는 이렇게 말합니다.

"이 행복한 장소에 오신 모든 분들을 환영합니다."

그는 이런 말도 했습니다.

"디즈니랜드는 영원히 완성되지 않을 것이다. 이 세상에 상상력이 존재하는 한, 계속해서 성장을 거듭할 것이다."

그 말대로, 월트는 이번엔 주위 환경 전체를 컨트롤할 수 있는 새로운 디즈니 파크를 계획하기 시작합니다. 디즈니 파크, 워터파크, 골프 코스, 리조트 호텔을 포함한 세계 최대의 어뮤즈먼트 리조트를 말이죠.

하지만 그 십일 년 후인 1966년 12월, 월트는 그 리조트의 완성을 두 눈으로 보지 못하고 폐암으로 세상을 뜹니다.

형 로이는 월트의 뜻을 이어받아 1971년 10월에 '월트 디즈니

월드 리조트'를 개장합니다.

이때, 기자들이 이렇게 물었습니다.

"동생 분이 살아서 개장하는 모습을 볼 수 있었으면 좋았을 텐데 아쉽군요."

그러자 로이가 대답했습니다.

"아니죠. 맨 처음 이 모습을 본 것은 월트입니다. 그의 비전 덕분에 지금 기자 여러분이 볼 수 있는 거고요."

자동차든 비행기든 휴대전화든 컴퓨터든, 우리 주위의 모든 것들은 처음엔 누군가의 머릿속에만 존재하던 것들입니다.

누군가의 머릿속에만 존재하던 비전에 이름을 붙이고, 말로 살을 붙이고, 행동으로 옮기고, 그 꿈을 이 세상에 드러내는 것.

이것을 불교에서는 '신구의身口意'라고 칭합니다.

비전을 머릿속에 그리고(의), 그 비전을 말로 바꾸어 생명을 불어넣고(구), 그다음에는 행동으로 옮기는(신) 이 세 가지가 하나의 축으로 이루어졌다는 뜻입니다.

'비전' '말' '행동'.

이것이야말로 세상을 창조해나가는 원리입니다.

The Mission

당신은 이루고 싶은 꿈이 있나요?
그 꿈에 이름을 붙이고,
여기 크게 한번 써보세요.
그리고 이 페이지를 복사해서
잘 보이는 곳에 걸어두어보세요.
당신의 마음이
조금씩 움직이게 될 것입니다.

영화감독 기리야 가즈아키에게 배우는 룰

/

그걸 위해서라면 죽어도 좋겠다 싶은 일을 한다

좋아하는 일을 하면서 먹고살 수 있을까요?

어떻게 생각하세요?

사진을 시작하고 얼마 안 되었을 무렵, 기리야 가즈아키 씨 역시 이 명제에 부딪쳤습니다. 기리야 씨는 아름다운 이미지를 만들 수 있으면 좋겠다는 막연한 생각에 사진을 시작했다고 합니다. 하지만 돈을 벌지 않으면 먹고살 수 없습니다. 그러니 사진으로 먹고살 방법이 없을까 하는 생각이 들 수밖에요.

그런 생각에 업계를 둘러보고는 어떤 사진이 돈이 될지, 흑백사진도 찍어보고 흰 배경만도 찍어보며 유행을 쫓아다니는 나날을 보냅니다. 그런데 도저히 그것으로 먹고살 수는 없었습니다.

그때 어느 감독으로부터 작품에 필요한 사진을 찍어달라는 의뢰를 받습니다.

어떤 사진을 찍으면 되겠느냐는 질문에 그냥 좋아하는 사진을 찍어달라고 합니다. 그런 식으로는 먹고살 수 없더라고 기리야 씨가 푸념하듯 말하자, 그때 감독이 하는 말.

"좋아하는 사진을 찍다가 굶어 죽으면 되잖아."

그 말이 심장을 뚫었습니다.

"그래, 죽자."

죽어도 좋다고 결심한 순간이 그가 다시 태어난 순간입니다.

이것이 〈캐산〉 〈고에몬〉 〈제7기사단〉 같은 작품을 만든 영화감독, 기리야 가즈아키 씨의 시작점이 된 사건입니다.

기리야 씨의 데뷔작 〈캐산〉은 수많은 난관에 부딪치며 만들어졌습니다.

"예산이 없어서 안 돼."

"시간이 없어서 안 돼."

"사람이 부족해서 안 돼."

"할리우드면 또 몰라, 우리나라에선 안 돼."

'안 돼'가 해일처럼 쏟아지는 와중에도 기리야 씨는 하나하나 맞대결하며 해결해나갔습니다. 포기하지 않았을 뿐 아니라, 처음부터 전 세계를 염두에 두고 영화를 찍었습니다.

그걸 위해서라면 죽어도 좋겠다 싶은 일이었기 때문입니다.

〈정열대륙〉에 출연했을 때 그는 이렇게 말했습니다.

"벼랑 끝에 선 기분.

얼마나 더 할 수 있을까, 그뿐이죠, 인생이란 게.

달 착륙이 최고의 예입니다.

'달에 어떻게 가' 다들 그렇게 생각할 때, 누군가 '달에 가야지' 하고 말하니까 죄다 모여들어 같이 이뤄낸 겁니다. 위험부담을 안고 있으니까 사람들이 영화를 봐주는 거지요."

한 명이라도 더 많은 사람에게 보여주고 싶다. 그걸 위해서라면 할 수 있는 모든 일을 다 해내겠다. 홈페이지 제작, 팸플릿 제작, 무대인사, 그리고 전단지까지, 기리야 감독이 전부 했습니다. 그 결과 〈캐산〉은 전 세계 102개국에 판권이 팔렸습니다.

"근거 없는 벽을 만들지 마세요.
난 그림을 못 그리니까, 난 노래를 못 부르니까,
난 학교를 못 다녔으니까, 난 집안이 안 좋으니까,
그것은 근거 없는 벽입니다, 근거가 없고말고요!
누가 당신에게 그런 생각을 하게 했나요?"

〈고에몬〉을 찍을 때 기리야 감독은 영화가 완성되지 않으면 몇십 억이나 되는 제작비 전액을 다 물겠다고, '완전보증'이라는 위험부담을 안고 도전했습니다.
완성하지 못하면, 굶어 죽어도 좋다.
하다 안 되면, 까짓것 내 목숨을 내놓겠다.

그에게는 그런 각오가 있었습니다. 그런 열의는 작품에 스며들기 마련입니다.

떠올려보세요.
우리는 현실을 보기 위해 태어난 게 아닙니다.
희망을 보기 위해 태어난 것입니다.
보고자 하는 건 희망입니다.

〈제7기사단〉 시사회에서 그는 이렇게 말했습니다.

"정말로, 찍을 수 있다면 죽어도 좋다고 생각했습니다.
죽어도 좋아, 그걸 위해서라면.
그런 생각은 지금도 변함이 없습니다.
내일 죽어도 아무렇지 않습니다.
정말 그렇게 생각합니다.
진짜 죽어도 좋습니다. 언제든지 목숨을 내놓을 수 있습니다.
그걸 위해서라면.
물론 있지요, 위험부담이니 뭐니.
하지만 그런 게 다 우습게 보입니다.
죽어도 좋다면 달리 뭐 걱정할 게 있겠습니까?
달리 무슨 위험부담이 있겠습니까?"

밖에 핀 잡초를 보세요.

잡초는 온종일 쳐다봐도 자랄 기미를 보이지 않습니다. 하지만 어느새 아스팔트를 뚫고 기어이 싹을 틔우지요.

그것이 가능한 것은 일 밀리미터도 흔들림 없이, 한 점을 향해 돌파하겠다고 마음먹었기 때문입니다.

"내가 내밀 수 있는 것이라곤 결의밖에 없다."

재능이나 경험 따위, 처음부터 갖고 있는 사람은 없습니다.
처음부터 그런 것을 갖고 있을 리 없습니다.
그런 건 전부 나중에 따라오는 것들입니다.
결의를 내밀 수만 있다면, 모든 건 나중에 따라옵니다.
결의를 내밀고, 한 점을 향해,
한 점을 기어코 돌파해내길 바랍니다.

The Mission

당신이 좋아하는 건,
그걸 위해서라면 죽어도 좋겠다 싶은 것인가요?
그렇다면 그것을 여기에 써봅시다.
그렇지 않다면,
그런 생각이 드는 날까지
이곳은 비워두는 게 좋겠습니다.

'좋아하는 것을 위해서라면 굶어 죽어도 좋다.'
이 세상은 그만큼 열중할 가치가 분명히 있는 곳입니다.

아트 디렉터 사토 가시와에게 배우는 룰

/

하나씩 빼나갈 것

현대 심리학에 지대한 영향을 끼친 정신과의사 밀튼 에릭슨은 이렇게 말했습니다.

"심리요법이란 가지지 못한 것을 주는 것이 아니다. 뒤틀린 부분을 교정하는 것도 아니다. 갖고 있음에도 불구하고 갖고 있지 않다고 생각하는 것을, 스스로 사용할 수 있게 도와주는 것이다."

개개인이 본래 가지고 있는 것을 깨닫게 하고, 그것을 스스로 잘 쓸 수 있게 하는 것이 진정한 카운슬링이라는 것.

이를 디자인 세계에서 실천하는 분이 계십니다.

유니클로와 라쿠텐의 크리에이티브 디렉션, 혼다의 스텝 왜건 및 기린의 고쿠죠 나마쿠로 광고 캠페인, 국립신미술관 심벌마크 디자인…… 이렇게 폭 넓은 분야에서 활동하는 아트 디렉터, 사토 가시와 씨입니다.

가시와 씨는 어릴 때부터 그림을 좋아해서 미술대학에 진학했고, 졸업 후에는 대규모 광고기업에 입사해 오사카로 배정되었습니다. 그 무렵엔, 아트 디렉터란 예술을 하는 아티스트라는 겉멋에 취해 의뢰받은 광고를 자기 '작품'의 틀에 맞추는 방식으로 일을 했답니다. 그리고 최신 컴퓨터를 이용해 첨단을 추구하는 작품을 제작하는 데 몰두했다는군요. 그런데 사내에 이런 평판이 돌아다니고 있다는 것을 알게 됩니다.

"멋을 너무 부려서, 멋이 너무 없어."

가시와 씨에게는 너무나 충격적인 소리였습니다. 뭔가 근본적으로 잘못 짚은 게 아닐까, 그때부터 그런 생각이 들었습니다.

그로부터 사 년 후, 도쿄 본사로 자리를 옮기면서 가시와 씨는 전환기를 맞게 됩니다. RV 자동차 광고라는 대형 프로젝트에 참여하게 된 것입니다. 그 자동차가 바로 '혼다 스텝 왜건'입니다.

이 일로 가시와 씨는 그가 스승으로 모시는 카피라이터 스즈키 사토시 씨를 만나게 됩니다.

스즈키 씨는 광고 미팅 때, 광고 이야기는 일체 하지 않는다고 합니다. 그저 상품과 상품을 둘러싼 시대 상황에 대해, 미팅 때마다 계속 이야기를 나눕니다.

"왜 RV가 팔릴까?"

"가족을 위한 차라는 건 어떤 걸까?"

"지금의 가족은 어떤 느낌일까?"

그런 이야기를 주고받으며 밤늦게까지 회의를 한 후, 두 사람은 같은 택시에 올라타 집으로 향합니다. 택시 안에서 둘은 또 같은 이야기를 주고받았다는군요. 그런 시간이 마치 광고학교의 수업 시간 같았다고 가시와 씨는 회상합니다. 그런 과정을 통해 광고라는 표현 이전에, '상품의 본질을 파악하는 것'이 얼마나 중요한지 배웠답니다. 광고란 연출하는 것이라고만 생각했었는데, 그런 게 아니란 걸 깨달은 거죠. 중요한 건 본질을 마주하는 것.

"덧입히는 게 아니라 하나씩 빼나갈 것. 그랬을 때 마지막으로 남는 하나가 바로 콘셉트다."

그걸 배웠다고 합니다.

멋진 옷을 입히고 입히는 게 아니라 하나씩 벗겨나갑니다.

그러면 마지막에 더 이상 벗길 수 없는 하나가 남습니다. 그것이 본질입니다.

가시와 씨는 자신의 취향이나 하고 싶은 방향은 일단 제쳐두고, 상품의 본질이 무엇인지 파악해 상품과 고객에게 최대한 솔직하게 대면해보자, 하는 식으로 사고방식을 바꾸었습니다. 자신을 버리고 대상과 마주 보기로 한 것입니다.

그러던 어느 날, 동료가 이런 말을 했습니다.

"가족과 일요일에 외출하는 게 고역이야."

'즐거워야 할 가족과의 외출, 그게 고역이라니 그건 좀 그렇군.' 그렇게 생각한 가시와 씨에게 아이디어가 번뜩였습니다.

'이 차를 타고 즐거운 가족과의 시간을 되찾자! 가족 모두가 함께 외출하는 건 사실은 정말 행복한 일이야. 그걸 표현하자.'

이렇게 해서 그 유명한 카피가 탄생합니다.

"아이와 함께 어디로 갈까?"

성능 운운하는 방식으로 포문을 여는 게 아니라, 왜건이란 무엇인가? 왜건이란 가족과 함께 즐거운 추억을 만드는 것이다, 라는 본질에서부터 출발한 것입니다.

그 결과, 기존 자동차 광고의 이미지를 뒤엎는 참신한 광고가 탄생합니다. 광고는 엄청난 반향을 일으켰고, 판매량에서도 미니밴 분야 1위를 달려, 이 캠페인은 칠 년 동안이나 계속됩니다.

그때 깨달은 것은, 답은 자기 안에서 끄집어내는 게 아니라는 것. 답은 상대방 안에 있고, 자신은 그걸 정리해서 전달하면 된다는 것. 그것이 가시와 씨의 스타일로 자리 잡게 됩니다.

가시와 씨는 자신의 책 『사토 가시와의 초정리술』에서 자신을 의사에 빗대어 이렇게 말합니다.

"예를 들어 내가 의사고 고객이 환자라고 합시다. 알 수 없는 어떤 문제를 떠안고 있으면서도 어떻게 하면 좋을지 헤매다 나를 찾아온 환자에게, 나는 질문을 하며 증상의 원인을 파악하고 환자의 회복을 위한 방향성을 타진합니다. 문제점을 명확히 하는 동시에 기운을 북돋아줄 숨은 잠재력을 끄집어내는 거죠."

의사가 환자를 진찰하듯, 그는 고객과 이야기를 나누며 문제점을 발견해냅니다. 문제를 해결하는 디자인이나 광고를 처방전으로 제안하는 셈입니다.

가시와 씨의 디자인이나 광고는 처음에 소개했던 정신과의사 에릭슨의 카운슬링과 닮았습니다. 상대방 안에 있는 해답(본질)을 스스로 잘 쓸 수 있도록 끄집어내는 것이니까요.

잠시 제 얘기도 하나 덧붙이겠습니다. 제 강연에 근 십 년 동안 열심히 오시는 오사카의 택시 운전사, 마코토 씨라는 분이 계십니다. 일전에 그분이 제게 꿈 이야기를 들려주신 적이 있습니다.

"전 히스이 씨처럼 강연하는 사람이 되고 싶습니다. 그게 제 꿈입니다."

전 그에게 이렇게 말했습니다.

"포기하는 게 좋을 것 같은데요." (웃음)

이 말의 진의는 이렇습니다.

“마코토 씨의 직업은 택시 운전사잖아요. 강연하는 사람이 되고 싶다는 건 ‘다른 사람의 기운을 북돋워주고, 만나는 사람의 마음에 등불을 밝혀주고 싶다는 뜻’ 아닌가요? 그건 강연을 하지 않더라도 택시 안에서 당장이라도 할 수 있는 일 아닐까요? 마코토 씨는 제 강연에 자주 오시니 명언 같은 것에도 무척 밝죠. 그러니 명언 카드 같은 걸 만들어서 승객들한테 나눠주는 건 어때요? 마코토 씨는 감이 좋은 편이라서 손님 한 사람 한 사람에 대해 느끼고, 그 손님에게 지금 제일 필요한 명언이 뭐겠구나 하는 아이디어가 반짝반짝 떠오르잖아요. 그런 걸 계속하다보면 상대방한테 제일 필요한 말을 정확히 짚어낼 수 있게 될 거예요.”

그는 제 말을 실천하기 시작했습니다. 손님을 느끼고, 그때그때 떠오르는 명언을 신호 대기중에 카드에 써서는, 손님이 내릴 때 건네주었답니다.

“오늘 하루는, 어제 죽은 이들이 그토록 바라던 내일이다.”

“모든 게 잘 되고 있다. 미끄러지면서도 잘 되고 있다.”

그런데 손님들이 너무나 기뻐하고 감동을 받은 나머지, 그 자리에서 울음을 터트려 택시에서 내리지 못하던 여자 분도 계셨다는군요. (웃음)

그는 이제 사백 명이나 되는 운전사가 있는 회사에서 '두목'이라는 별명이 붙게 되었고, 방송국에서 밀착취재를 하고 싶다는 의뢰가 들어오는 명물이 되었습니다. 그리고 그 결과, 그의 꿈이었던 강연 의뢰를 받기도 한답니다.

꿈의 '본질'을 꿰뚫고, 거기에 자신의 '본질'(장점)을 포개보면 언젠가 이루고 싶은 꿈이, 실은 오늘부터 할 수 있는 일이 되기도 합니다.

'일의 본질'도 마찬가지입니다. 그 정의를 하나하나 파고들다보면 의외의 것들을 발견하는 즐거움을 느끼게 됩니다.

정의를 파고드는 방법과 관련해, 이 지구라는 별의 미래를 밝혀줄 새로운 유형의 컨설턴트, 요시타케 다이스케 씨가 가르쳐준 방법은 이렇습니다.

우선 내게 '일'이란? 하고 질문합니다.

그럼 답이 나올 테죠.

'책을 쓰는 일. 강연하는 일.' 제 경우엔 이렇게요.

그럼 다음 순서로 '이란?'을 계속 붙여나가는 겁니다.

내게 '일'이란?

: 책을 쓰는 것. 강연하는 것.

'책을 쓰는 것. 강연하는 것'이란?

: 세상을 새롭게 보는 방식을 전달하여, 읽는 사람과 듣는 사람의 마음에 파문을 일으키는 것.

'마음에 파문을 일으키는 것'이란?

: 본디 갖고 있던 자신의 가능성과 잠재력을 깨닫는 것.

'자신의 가능성과 잠재력을 깨닫는 것'이란?

: 지금까지의 고집과 상식이 깨지면서 마음이 자유로워지는 것.

'마음이 자유로워지는 것'이란?

: 자신의 가치를 깨닫고, 새로운 선택지가 늘어나는 것. 그 결과 인생을 최대한 즐길 수 있게 되는 것.

그러고 정의가 명확해지면, 마지막으로 다시 한 번, 자신에게 '일'이란 무엇인지, 한 문장으로 정리해봅니다.

내게 '일'이란?

: 자신의 가치를 깨닫고 새로운 선택지를 가질 수 있는 관점을 사람들에게 전달하여, 인생을 최고로 즐길 수 있는 사람들이 더 많아지게 하는 것.

처음의 정의 '책을 쓰는 것. 강연하는 것'에서 보면, 그야말로 엄청난 버전 업입니다. 그리고 더 중요하게는 일의 본질을 드러내고 있습니다.

본질을 드러낸 최종적인 정의에 따르면, 저는 작가지만, 책을 쓰거나 강의를 하는 것만이 제 일이 아니라는 것을 알 수 있습니다. 친구와 카페에서 이야기를 나누면서도, 아이들과 함께 시간을 보내면서도, 저는 제 사명을 다할 수 있고 제 일의 폭을 넓힐 수 있습니다.

빼고 또 빼고 모두 다 뺀 다음, 본질을 꿰뚫어봅시다.
본질이라는 창문을 통해 세상을 바라봅시다.

The Mission

당신에게
'일'이란 무엇입니까?
'나'란 무엇입니까?
'행복'이란 무엇입니까?

이 세 가지 정의를 깊이 파고들어 재정의해봅시다.
내 마음과 진솔하게 마주해봅시다.

메이저리거 이치로에게 배우는 룰

/

아침밥은 반드시 카레라이스!

메이저리그에서 오랫동안 활약하고 있는 이치로 선수. 그 활약을 음으로 양으로 돕는 건 그의 아내가 직접 만드는 카레라이스입니다. 이치로 선수는 미국으로 건너간 후 구 년 동안, 아침식사로 매일 카레라이스를 먹었다고 합니다.

카레라이스가 얼마나 좋았으면! (웃음)

하지만 그냥 카레라이스를 좋아하는 것과는 다릅니다.

이젠 카레 대신 식빵과 소면을 먹고 있다니까요.

이번엔 에브리 모닝 소면!

먹는 것뿐만이 아닙니다. 이치로 선수는 많은 것들을 '일정한 패턴'으로 구축합니다. 이렇게 하는 이유가 있지 않을까요?

예를 들어 이치로 선수가 타석에 설 때 반드시 하는 동작에서도 정형적인 움직임을 볼 수 있습니다. 야구방망이를 투수 쪽 백스크린을 향해 쭉 뻗고, 왼손으로 오른쪽 유니폼 소매를 잡아당기는 동작을 똑같이 반복합니다. 정해진 동작을 천천히 실행하면서 자신의 육체와 대화를 나누고, 동시에 정신 상태를 최고의 상태로 끌어올립니다.

이치로 선수는 야구장에 들어설 때나 훈련 중 달리기를 시작할 때, 어느 쪽 발을 먼저 내딛을지까지 정해두었다고 합니다. 워밍업 운동도 매일 똑같은 시간에, 똑같은 양, 똑같은 순서로 소화한다는군요.

이치로 선수는 소면을 먹을 때도, 대각선으로 오른쪽, 위에서 세 번째 면부터 먹습니다.

죄송합니다. 이건 사실이 아닙니다. (웃음)

연습을 할 땐 왼쪽 타석에 서서 레프트 방향으로 먼저 밀어치고, 그다음 센터 방향으로 친 다음 마지막에 라이트 방향으로 잡아당겨 칩니다. 그날 기분에 따라 바꾸거나 하지 않습니다.

이것은 이치로 선수가 패턴루틴 워크을 중시하기 때문입니다.

패턴으로 만들어, 몸이 그 리듬을 기억하고, 잡념에 흔들리는 일 없이 필요한 것에만 집중할 수 있게 하는 것입니다.

그리고 매일 같은 패턴을 반복하다보면, 뭔가가 평소와 조금이라도 다를 시엔 곧바로 그 이질감을 느낄 수 있습니다. 그것을 재빨리 포착해내는 게 중요합니다.

이치로 선수는 자신의 책 『꿈을 잡는 이치로 - 262의 메시지』에서 이렇게 말합니다.

"연습을 통해 나를 백 퍼센트로 만들어놓지 않으면 타석에 설 수 없습니다. 형태를 잡아두지 않으면, 무너지게 됩니다."

"최상의 상태로 경기를 하려면 끊임없이 몸과 마음을 준비해둬야 합니다. 내게 가장 중요한 것은 시합 전 완벽한 준비입니다."

프로들은 자신이 어떻게 하면 최고의 실력을 발휘할 수 있을지 파악하고 있습니다. 어떨 때 컨디션이 좋지 않게 되는지 또한, 항상 시행착오를 거치기 때문에 아주 잘 알고 있지요. '나 사용설명서'가 따로 있다고나 할까요? 그것이 마이 룰입니다.

이처럼 선수의 생활은 모든 것이 단 한 점을 향하고 있습니다. '최고의 실력을 보여주기 위한 준비'라는 한 점입니다. 그에겐 카레라이스를 먹는 시간조차 마음을 가다듬기 위한 의식입니다.

패턴을 만들고 자기 페이스를 완전히 습관화하는 사람으로는 작가인 무라카미 하루키 씨가 있습니다. 무라카미 하루키 씨는 아침에만 일을 한답니다. 대체로 오전 4시에 일어나이르면 2시 반, 3시에 일어나기도 눈을 뜨자마자 바로 일을 시작합니다. 그리고 9시나 10시 무렵까지 책상에 앉아 집중적으로 글을 씁니다. 그 누구와도 말을 하지 않고 쓰고 또 씁니다.

그렇게 400자 원고지 열 장을 쓰면 일을 끝내고 밖으로 조깅을 하러 나갑니다. 더 쓰고 싶어도 일부러 더 이상은 쓰지 않는답니다. '더 쓰고 싶은 마음'을 다음 날을 위해 아껴두는 겁니다.

반대로 '더 이상 쓰지 못하겠다' 싶을 때에도 어떻게든 열 장을 채운다고 합니다. 그리고 이튿날, 전날 쓴 부분을 다시 쓰는 것부터 시작합니다. 전날 쓴 것을 처음부터 고쳐 쓰고 그다음으로 넘어간다는 거죠.

그는 문학계간지 『생각하는 사람』에 실린 인터뷰에서 이렇게 말했습니다.

"아무튼 나를 페이스에 올려놓을 것. 나를 습관의 동물로 만들어버릴 것. 하루 열 장 쓰겠다고 정했으면 무슨 일이 있어도 열 장을 씁니다. 그건 『양을 둘러싼 모험』 때부터 별로 바뀌지 않았어요. 일단 정하면 합니다. 죽는 소리 안 하기, 불평 안 하기, 변명 안 하기. 아아, 좀 체육계 인간 같네요. (웃음)"

반복해서 같은 시간에 글을 씀으로써 그 시간이 되면 자연히 몸이 집중 모드에 들어갑니다.

시간을 내 편으로 만든다는 뜻입니다. 장소까지 정해두면 공간도 내 편으로 만들 수 있습니다. 하나의 패턴을 만들면 그 리듬이

몸에 새겨지게 되고, 패턴을 실행하면 자동적으로 의욕 스위치가 켜지게 되는 이치입니다.

인생을 바꾼다는 것은 '일상'을 바꾼다는 뜻입니다.

인생이란 일상이니까요. 그러니 아무리 감동하는 일이 있더라도 일상을 바꾸지 않으면 인생은 변하지 않습니다.

일상, 그건 다시 말해 습관패턴을 가진다는 뜻입니다.

인생을 바꾼다는 것은 새로운 습관을 만든다는 뜻입니다.

이치로 선수가 말하듯이 말입니다.

"사소한 일을 반복하는 것이, 엄청난 곳으로 향하게 되는 단 하나의 길이다."

The Mission

무언가 이루어낸 적이 있나요?
결과가 좋게 나왔을 때가 있나요?
그때마다 발견된 어떤 패턴이 있었나요?
반대로 잘 되지 않았을 때에도 어떤 공통점이 있지 않았나요?

자신이 최고의 실력을 발휘할 수 있었던 때의 패턴을 해독해봅시다.
나만의 골든 패턴을 습관으로 만들어봅시다.

세상에서 가장 행복한 노숙자에게 배우는 룰

/

내 하루를 50엔에 판다

'이 남자, 틀림없이 위험한 인종이야!'

그게 제가[다키모토] 그를 처음 만났을 때 느낀 첫인상이었습니다.

장소는, 개그맨이면서 동화 작가이기도 한 니시노 아키히로 씨의 원화전 갤러리였습니다. 그때 그는 빨간 털모자에 빨간색 운동복, 그리고 정체를 알 수 없는 무언가가 다닥다닥 붙은 앞치마를 두르고, 갤러리에 전혀 어울리지 않는 지나치게 활달한 흥분과 오라를 뿜으며 분위기 메이커가 되려고 애쓰고 있었습니다.

단번에 알 수 있었습니다.

틀림없이 위험한 인종이라는 것을.

전 큰맘 먹고 말을 걸어보았습니다.

"저기, 여기 스태프이신가요?"

"아뇨, 스태프가 아니라 노숙자입니다."

"네? 노숙자?"

"네. 오늘 도와드리러 왔어요. 일당 50엔이에요. 전 하루를 50엔에 팔거든요."

역시, 틀림없이 위험한 인종이야.

"일당 50엔에 뭐든 합니다." 그렇게 말하는 사람.

그게 노숙자 고타니 씨입니다.

자신의 하루를 50엔에 팝니다. 50엔이니 매일 불티나게 팔려도 하루 50엔 × 30일 = 한 달에 최대 1500엔을 법니다.

한 달에 최대 1500엔을 벌고 대체 어떻게 살아갈까요?

실은 비밀인데요, 고타니 씨는 노숙자가 되고 나서 10킬로그램이나 체중이 늘었다고 합니다.

또 비밀인데요, 고타니 씨는 노숙자가 되고 나서 결혼 상대를 찾아 귀여운 그녀와 결혼도 했답니다. 아사쿠사 놀이공원을 빌려

50
昭和58年

성대한 결혼식도 치렀고요.

게다가 고타니 씨는 노숙자가 되고 나서 필리핀 태풍 피해지에 100만 엔을 기부했습니다.

게다가 세상에나, 고타니 씨는 노숙자가 되고 나서 자서전까지 냈습니다.

다시 말해 고타니 씨는 일당 50엔짜리 노숙자가 되고 나서 엄청나게 행복해졌답니다.

게다가 이 일들이, 고타니 씨가 노숙자가 되고 나서 단 일 년 반 동안 생긴 일들입니다.

대체 어떤 비밀이 숨겨져 있는 것일까요?

전말을 얘기하자면 이렇습니다.

오사카에서 십 년 동안 개그맨 생활을 하던 고타니 씨. 그런데 뜰 기미가 전혀 보이지 않아 콤비까지 해체하게 되었습니다. 고타니 씨는 마지막 기회라고 마음먹고 도쿄로 상경해 니시노 씨 집에서 신세를 지게 됩니다. 커다란 방을 하나 빌렸는데 방값이 4만 엔. 그런데 두 달 만에 방값을 밀리고 맙니다.

그때, 니시노 씨가 이렇게 말했답니다.

"너, 오늘부터 노숙자 해라."

"네?! 노숙자요???"

"그러면 진짜 잘 풀릴 거다."

니시노 씨가 그렇게 말했답니다.

개그맨으로 존재감이 거의 없었던 고타니 씨에게, 이제 잃을 것이라곤 아무것도 없었습니다. 그는 니시노 씨의 조언에 따라 순순히 노숙자가 되기로 했습니다.

하지만 아무리 노숙자라도 생활하는 데 돈은 필요합니다. 이때 고타니 씨 나이가 서른. 청년기의 끝자락에 있었습니다. 아르바이트를 하려고 해도 면접에서 떨어질 나이지요.

고민하던 고타니 씨가 다시 니시노 씨에게 상의를 합니다.

"인터넷에 고타니 숍을 개설하는 거야."

"숍이라뇨, 전 팔 게 아무것도 없는데요."

"네 하루를 팔면 되잖아. 셀프 매매 숍. 으하하하."

이 말에 따라 고타니 씨는 개그맨 생활을 접고 무료 쇼핑몰 창업 서비스를 이용해 자신의 하루를 파는 셀프 매매 숍을 오픈합니다. 이름하여 '주식회사 주소불명'.

처음 한 달 동안은 오픈 기념으로 하루 100엔. 한 달 후엔 통상 가격인 50엔이라는 금액으로(아니, 어째 통상 가격이 더 싸냐고!) 자신의 하루를 팔기 시작한 것입니다.

일례로 이사 도우미. 보통은 일당 8000엔쯤 하지만, 그는 50엔에 일합니다. 잡초 뽑기도 하루 종일 해서 50엔. 그 외에도 페인트칠, 무대 밖에서 가수 기다릴 때 같이 기다려주기, 각종 심부름, 술자리 인원 수 채워주기, 우울증 환자 말상대, 누드 모델…… 어떤 의뢰든 일당 50엔이니, 고타니 씨의 하루는 불티나게 팔렸습니다.

하지만 슬프도다, 매일 팔려나가도 한 달에 고작 1500엔입니다.

그런데 예상치 못했던 일이 벌어집니다. 아침부터 잡초를 뽑고 있었는데 "아무리 처음부터 정했다지만 미안하잖아" 하면서 일을 의뢰한 사람이 점심을 사줍니다. 밤까지 일하면 이번엔 "밤늦게까지 일해줘서 고맙다"며 저녁밥까지 사줍니다. 점심밥과 저녁밥을 같이 먹으면서 친해지자 이번엔 술자리에 데려가줍니다. 게다가 너무 늦으면 집에 재워주기까지!

그런 식으로 일당 50엔의 생활이 이어지던 중, 트위터에 "배고프다"고 무심코 올렸더니 "식사 같이? 내가 살게" "아니지, 오늘 잘

데 있어? 없으면 우리 집으로 와" 그런 댓글이 달리지 뭡니까.

모두 그때껏 50엔에 하루를 사주었던 사람들입니다.

그리고 한 달 후에 돌아보니, 그동안 자기 주머니에서 돈 나가는 일 없이 생활하고 있더랍니다. 아니, 오히려 다들 맛있는 밥을 사주니까 과식을 하게 되고, 결국 바지까지 맞지 않게 되었다나요. 고타니 씨는 트위터에 이렇게 올립니다.

"어떡하지? 너무 살쪘다. 바지가 안 들어가네."

그러자 다음날 바지를 사주는 사람 등장! (웃음)

그런 생활을 하던 어느 날, 나고야에 사는 '몬짱'이라는 여자에게서 "숨바꼭질 같이 해줘요"라는 의뢰를 받습니다. 마이 룰에 맞춰 숨바꼭질도 일당 50엔입니다.

둘이서 숨바꼭질을 한 이튿날, 고타니 씨는 오사카에서 있을 어떤 이벤트에 갈 예정이었습니다. 몬짱이 그의 신칸센 요금까지 치러주고, 따라갔다고 하네요. 그리고 술자리에서 "둘이 그냥 사귀지 그래?"라는 말을 들었다고 합니다.

그때 "사귀는 건 절대 안 돼" 하고 몬짱은 거절했습니다.

그리고 이런 말을 덧붙였습니다.

"하지만 결혼은 괜찮아. 재미있을 것 같으니까."

이 말에 고타니 씨는 그 길로 '돈키호테'에 달려가 인감과 결혼 반지를 샀습니다. 그리고 시부야 구청 야간창구에 혼인 신고서를 제출했답니다.

숨바꼭질의 반전, 그것이 결혼이었습니다. (웃음)

이렇게 해서 고타니 씨는 노숙자이면서도 결혼을 하게 되었는데, 결혼 자금이 있을 리 만무합니다. 그래서 자금 조달을 위해 크라우드 펀딩에 도전합니다. 결혼식 사정을 설명하고, 일반인들에게서 자금을 모았지요. 목표 금액은 150만 엔으로 정했고, 1계좌당 4000엔을 지원하면 결혼식에 참석할 수 있는 특전을 주었습니다. 그러자 단 3주 만에 결혼식 자금이 모였다고 합니다.

그 무렵엔 모금함을 목에 걸고 다녔기 때문에 최종적으로 220만 엔이 모여, 100만 엔은 필리핀 태풍 피해지에 기부했다는군요.

대체 누가 고타니 씨에게 돈을 지원해주었을까요?

바로 고타니 씨를 하루 50엔에 산 고객들이었습니다.

"고타니 씨가 결혼을 한다니 내가 도와야지. 그때 단돈 50엔으로 열심히 일해주었잖아" 하고 앞다투어 나섰다고 합니다.

일당은 비록 50엔이었지만, 성심껏 일했기 때문에 고객들로부터 감사와 신용을 쌓아두었던 것입니다.

고타니 씨는 돈이 없습니다. 그래서 '부자'는 아닙니다. 하지만 신용은 생겨났습니다. 일당 50엔으로 열심히 일하는 동안 '신용 부자'가 된 것입니다.

덧붙이자면 결혼하고 나서도 그는 노숙자 생활을 계속하고 있습니다. 아내는 친정에 얹혀살고 있다는군요.

고타니 씨의 좌우명은 '타력본원他力本願'이라고 합니다.

인간의 한자는 '사람 사이', 즉 人間이라고 씁니다. 인간은 사람과 사람 사이에서 서로 돕고 서로 지탱하며 살아가는 존재입니다.

"너, 오늘부터 노숙자 해라. 그러면 진짜 잘 풀릴 거다."

니시노 씨의 이 조언이 고타니 씨에게 전환점이 되었습니다.

하루 50엔으로는 살아갈 수 없다고 생각하겠지만, 니시노 씨는 반드시 잘 풀릴 거라고 했습니다. 확신이 있었던 거지요.

'온정'으로 인생이 잘 굴러갈 것이라고.

일한 만큼 받는 금액을 정하면 '온정'은 생겨나지 않습니다. 그러나 일한 만큼 받는 게 아니라 하루 50엔, 공짜나 다름없는 돈으로 성심껏 일을 하면 '온정'이 발생합니다.

그 '온정'으로 인생이 굴러가리라 생각한 겁니다.

니시노 씨의 예상은 적중했습니다.

고타니 씨는 말합니다.

"노숙자가 되었을 땐 아, 이제 인생이 끝났구나 싶었습니다. 그런데 노숙자가 되었어도 전 매일 누군가를 만났고, 매일 밥을 먹었습니다. 요즘에는 사람들이 잘 곳까지 마련해줘요. 국경 넘어서까지. 내가 웃으면 상대방도 웃어주고, 그래서 전 더 웃을 수 있습니다. 왠지 행복해 보이지 않나요?

저는 노숙자가 된 이래 지금까지 만난 모든 사람이 저의 가족이라고 생각합니다. 그 가족이 어려움에 처하면 언제든 달려갈 겁니다. 전 세계 사람들이 가족이 되고, '가족이니까 서로 돕는 게 당연한', 그런 미래를 만들어가고 싶습니다."

마지막으로 한 가지 이야기만 덧붙이겠습니다.

앞서 말한 명언 택시 운전사인 마코토 씨가 고타니 씨에게 택시 세차를 의뢰했습니다. 그러자 바로 이렇게 답장이 왔답니다.

"재미있을 것 같아요!"

이 한마디에 고타니 씨가 왜 사랑받는지, 그 비밀이 담겨 있다는 생각을 했습니다. 하루 일하고 50엔이라니, 보통은 애들 용돈도 안 된다며 싫은 감정을 드러내기 마련입니다.

그런데 재미있을 것 같다고 말합니다. 기뻐합니다. 즐깁니다. 하루 겨우 50엔으로 기꺼이 당신을 도와줍니다. 그러니 다들 온정을 베풀고 싶다는 마음이 들지 않을까요?

고타니 씨가 기쁜 마음으로 성심을 다하지 않았다면 절대로 이렇게까지 그를 응원할 리 없습니다.

기쁘게 살면 하루 수입이 50엔이라도 반드시 행복해질 수 있다는 것을 고타니 씨는 증명해주었습니다.

어떤 상황이든 그걸 즐길 수 있다면, 행복해질 수 있습니다.

마지막으로 이를 훌륭히 표현한 단카短歌가 있어서 소개하겠습니다. 작자 미상입니다만, 메이지 말기에 지어진 노래라고 합니다.

"기쁘면, 기쁜 일이, 기쁘게, 기쁨을 데리고, 기쁨을 위해, 찾아온다."

The Mission

"어떻게 하면 돈을 벌 수 있을까?"라는 생각은 버리고,
"어떻게 하면 사람들이 기뻐할까?"라는 생각으로 바꿔봅시다.
돈이 아니라 '고마움'을 모아봅시다.
누구에게 무엇을 하면
'고맙다'는 감사의 말을 들을 수 있을까?
그렇게 생각하는 인생을 살아봅시다.

프로 골퍼 타이거 우즈에게 배우는 룰

/

라이벌의 성공을 바란다

당신은 라이벌이 좋은 결과를 낼 것 같은 바로 그때, 라이벌의 성공을 바랄 수 있나요?

2005년, 아메리칸 익스프레스 선수권 대회 마지막 날.

승부를 내지 못하고 연장전으로 돌입한 플레이오프. 먼저 퍼팅을 성공시킨 타이거 우즈. 라이벌인 존 데일리가 한 타 차이로 바짝 뒤쫓아오는 상황. 그 마지막 한 타가 홀에 들어가면 우즈와 동점이 됩니다. 빗나가면 우즈의 우승이 결정되고요.

자, 라이벌인 존의 퍼팅입니다. 이때 우즈는 마음속으로 힘껏,

'빗나가라!'
'빗나가라!'
'제발 빗나가라!!!'

빌지 않았습니다. 그는 이때 '존, 넣어! 넣어야 해!' 하고, 상대의 성공을 빌었습니다.

하지만 존의 퍼팅은 빗나갔습니다. 그 순간, 우승이 결정된 우즈. 그런데 이때 카메라에 비친 우즈의 얼굴은 슬퍼 보였습니다. 직후에 가진 우승 인터뷰에서 "우승하셨는데 왜 그런 슬픈 표정을 지으셨나요?" 하고 묻자 우즈는 이렇게 대답했습니다.

"존의 퍼팅이 빗나간 게 슬펐습니다."

우즈가 라이벌의 한 타가 들어가길 마음속으로 빌었던 이유는 미 육군 특수부대 '그린베레' 장교였던 아버지의 영향이 컸다고 합니다.

그린베레는 어떠한 상황에서도 이길 수 있는 진정한 승리자의 면모를 위해, '적의 성공을 빈다'는 역설적인 사고방식을 철저히 가르친다고 합니다. 우즈도 아버지로부터 어떤 상황에서든 이상을 높이 가지라고 교육받았다고 합니다. 그저 이기면 된다는 식이 아닙니다. 타이거 우즈의 목표는 라이벌이 최고의 실력을 발휘하고, 자신은 그보다 더욱더 멋지게 해내는 것입니다. 그렇기 때문에 라이벌의 실수를 기뻐하는 게 아니라, 라이벌이 자신이 가진 최고의 기량을 발휘해주기를 기대합니다.

'라이벌의 성공을 바란다'는 이 룰, 실은 뇌과학의 관점에서 봤을 때에도 굉장한 효과를 나타낸다는군요.

뇌와 잠재의식은 주어를 이해하지 못한다고 합니다.

다시 말해, 뇌는 자기와 타인을 구별하지 못합니다. 그래서 타인에 대해 생각하고 바라고 기원한 것들을 뇌는 '나에 대한 것들'이라고 착각한다지요.

라이벌에게 안 좋은 일이 일어나기를 바라면, 그 바람이 그대로 자신을 향하게 되고 스트레스 물질인 코르티솔이 과잉 분비되면서 정신에 악영향을 미칩니다.

반대로 라이벌에게 좋은 일이 일어나도록 긍정적인 바람을 지니면, 그 바람 역시 그대로 자신을 향하게 되어, 도파민과 베타 엔도르핀, 옥시토신 같은 행복감을 불러일으키는 쾌감 물질이 분비되면서 뇌를 활성화시켜준다고 합니다.

이러한 원리는 일상생활에서도 찾아볼 수 있습니다.

타인에게 친절을 베풀었는데 웬일인지 자신의 기분이 좋아졌던 경험이 있지 않나요? 이걸 '러너즈 하이runner's high'의 친절 버전인 '헬퍼스 하이helper's high'라고 한다는군요.

'헬퍼스 하이'는 다른 사람을 돕거나 다른 사람의 행복을 응원함으로써 자기 마음속에 긍정적인 감정이 생겨나고 행복도가 올라가는 현상을 말합니다.

타인에게 친절을 베푸는 것도, 칭찬을 하는 것도, 잘 되도록 바라는 것도, 모두가 부메랑이 되어 돌아와 자기에게 좋은 영향을 미치게 됩니다.

누군가를 위해 기도하면, 자신의 행복까지 생겨나게 됩니다.

타인을 위한 무언가는 나 자신을 위한 것이 됩니다.

당신은 주위 사람들에게 어떤 말을 들었을 때 기쁜가요?
주위 사람들이 당신을 어떻게 대해주면 기쁜가요?
당신이 먼저, 주위 사람들을 그렇게 대하면 됩니다.
당신이 베푼 것들이, 이 인생에서 당신이 받을 것들입니다.

이것이 부메랑의 법칙입니다.

고마워하길 원한다면 먼저 고마워합니다.
칭찬받길 원한다면 먼저 칭찬합니다.
노력한 만큼 인정받고 싶으면, 노력한 만큼 인정해주면 됩니다.
라이벌에 대해서도 마찬가지입니다.

The Mission

우선 가족과 소중한 사람들의 행복을 빌어봅니다.
다음으로 자주 다니는 편의점 직원의 행복을 빌어봅니다.
마지막으로 라이벌의 성공을 빌어봅니다.
이것이 바로 행복을 위한 3단뛰기입니다.

파타고니아 창업자에게 배우는 룰

/

좋은 파도가 오면, 일을 멈추고 서핑하러 가도 좋다

"직원들을 서핑하러 가게 하자."

미국의 아웃도어 브랜드인 '파타고니아'의 룰입니다.

파타고니아 본사는 캘리포니아 주 벤투라에 있으며 일본 법인은 가마쿠라에 있습니다.

두 곳 모두 바다로 바로 나갈 수 있는 곳입니다.

서핑은 평일 열한시든 오후 세시든 언제든 괜찮습니다. 시간은 상관없습니다. 서핑을 하지 않는 사람이라면 등산이나 낚시도 괜찮습니다. 종류는 아무래도 상관없습니다.

잠시 덧붙이자면 『세계에서 제일 시시한 꿈을 이루는 법』이라는 책을 쓴 서핑 덕후인 야나기다 아츠시 씨는 이 파타고니아의 룰을 듣고 감동해서는 바로 파타고니아에 면접을 보러 갔는데…… 떨어졌습니다.

“서핑은 언제든 가도 좋습니다.
그러나 미스터 야나기다, 우리 회사에는 나오지 말아주세요.”

뭐, 진짜로 그렇게 말한 건 아니지만요. (웃음)

“좋은 파도가 오면, 일을 멈추고 서핑하러 가도 좋다”고 파타고니아의 창업자인 이본 취나드는 말합니다.
하고 싶을 때 좋아하는 것을 하자는 뜻입니다.

그 역시, 일 년에 반은 회사에 없다고 합니다. 휴대전화도 없이 전 세계 자연을 찾아다닌다네요. 때로는 서핑, 때로는 낚시, 때로는 다이빙을 하면서요.

파타고니아는 상당히 일찍부터 사내에 어린이집을 만들었다고 합니다. 회사 정원에서 아이들이 놀고, 카페에서 부모가 아이들과 함께 식사를 합니다. 회사 분위기가 아늑하겠죠?

이본은 말합니다.
"내 마음이 기뻐하는 생활을 하고 싶다."

그렇습니다. 그의 마이 룰은 '마음 우선'입니다.

제일 중요한 것은, 마음이 기뻐하는 생활, 그리고 그렇게 일하는 방식. 파타고니아는 제일 중요한 것을 보장해주고 있습니다. 그렇기에 마음을 쏟아 열심히 일할 수 있는 것입니다.

서핑 때문에 업무 처리가 늦어지면 밤이나 주말을 이용해 처리하면 됩니다. 그런 판단을 사원 한 사람 한 사람이 스스로 내릴 수 있는 조직을 원하는 것입니다.
파타고니아에는 "내가 서핑하러 가 있는 동안 거래처에서 전화가 오면 잘 받아줘" 하고 누군가에게 부탁할 때 "그래, 그러지. 즐겁게 놀다 와" 하는 분위기가 형성되어 있습니다. 마음이 기뻐하

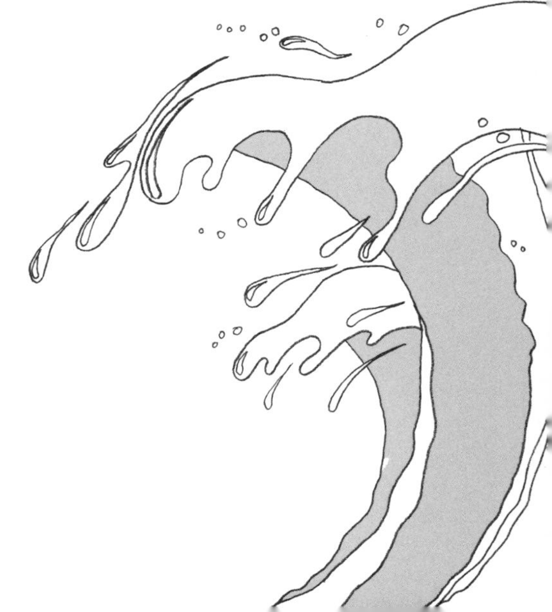

며 일을 할 수 있게끔 서로 돕는 문화가 형성된 것입니다.

마음이 기뻐하는 생활을 하고 싶다, 그 가장 중요한 것을 모두가 함께 지켜나가고 있는 것입니다.

모두 함께 지킬 수 있을까요?

물론이죠, 가장 중요한 것이 명확하거든요.

명확해지면 힘이 생깁니다.

『어린왕자』의 작가 생텍쥐페리는 이렇게 말했습니다.

"사랑이란 서로 마주 보는 것이 아니라 함께 같은 방향을 바라보는 것이다."

마음이 기쁘게 느끼는 방향을 함께 바라보는 것. 그것이 사랑의 시작입니다.

지금껏 우리는 효율과 돈을 우선시하며 살았습니다. 그 결과 시간에 쫓기는 일상을 감내해야만 했지요. 돈을 추구하고 있는 동안 가장 소중한 '시간'을 빼앗겼던 것입니다.

앞으로는 기쁘게 느끼는 시간을 되찾는 방향으로 전 세계가 변해갈 것입니다.

'시간'은 곧 '수명'입니다.

수명은 '목숨命을 축하한다壽'고 씁니다. 기뻐하고 축복하면서 사는 게 목숨이라는 뜻이죠. 그런 삶을, 시간의 중심에 놓아야 합니다.

저는 책 쓰는 걸 좋아해서 근 십 년 동안 일만 했습니다만, 작가 생활 십일 년을 계기로 최근에는 일 이외에도 마음이 기뻐하는 시간을 의식적으로 넓히려고 애쓰고 있습니다. 마음이 기뻐하는 시간을, 일단 스케줄에 넣어버리는 거죠.

구체적으로는 명상으로 아침을 시작합니다. 아침에 일어나자마자, 하고 싶은 일과 해야 할 일에 대해 조용히 질문을 던지고 제 마음을 들여다보는 시간을 갖습니다. 그리고 한 달에 두 번은 지압이나 마사지를 통해 자율신경의 균형을 잡아줍니다. 좋아하는 카페에서 좋아하는 책을 마음껏 읽는 시간, 악기를 배우는 시간도 매달 확보해두려고 합니다.

마음이 기뻐하는 삶을 실현하기 위해, 요헤이는 가마쿠라로 이사해 생활 속에서 바다와 산을 만끽할 수 있는 환경을 만들었습니다. 그에게 영향을 받아 우리도 가마쿠라에 살자고 아내에게 말했더니 "당신 혼자 가서 살아" 하더군요. 이사는 포기. (웃음)

요헤이에게 의논했더니 캠핑카 생활을 소개해주더군요.

"캠핑카는 너무 비싸니까, 친구 다섯이서 셰어링을 시작했어요. 캠핑카, 그거 중독됩니다. 차 세운 곳이 자기 집 마당이 되는 거잖아요. 움직이는 자기 방이죠. 오늘은 후지산 기슭에서, 내일은 호수 앞에서, 그다음 날은 숲속에서……

전기도 쓸 수 있고 냉장고도 있고 책상도 있어요. 책 쓰는 히스이 씨라면 어디서든 일도 할 수 있습니다. 시원한 음료수를 마시면서 창밖에 펼쳐진 호수를 바라보며 원고를 쓰는 거예요. 그 풍경이 따분해지면 다른 곳으로 이동하면 됩니다. 마음이 기뻐하는 장소를 찾아서요. 꼭 한번 해보세요!"

요헤이, 고마워. 캠핑카가 얼마나 멋진지 충분히 마음에 와 닿았어. 하지만 먼저 말을 해둘걸 그랬군. 난 말이야, 할 줄 아는 게 정말 없어서 자동차 운전도 못하는 사람이야. (웃음)

무엇보다 먼저, 마음이 기뻐하는 일을 합시다.

그것이 새로운 시대의 새로운 선택 기준입니다.

The Mission

당신의 마음이 기뻐하는 생활이란 어떤 것일까요?
당신은 어떤 곳에서 살며
언제 일어나, 누구와 무엇을 하고 싶은가요?
그 이미지를 자세히 그려봅시다.
두근대면서 그려야 실현할 수 있습니다.

고대인에게 배우는 룰

/

그 행위는 아름다운가?

역사서 『고사기』에는 '하니야스비코노 가미'라는 신이 등장합니다.

이 신은 무엇의 신일까요?

똥!

그렇습니다. 똥의 신입니다.

이건 일급 비밀입니다. 일신교를 믿는 사람들이 이 신의 존재를 알게 된다면 뒤로 넘어갈 테니까요. (웃음)

그럼 또 다른 신인 '미츠하노메노 가미'는 무엇의 신일까요?

바로, 오줌의 신입니다.

그럼 '가나야마비코노 가미'는?

토사물의 신입니다.

인간은 어떤 대상으로부터 신성함을 느꼈을 때 '신'을 느끼기 마련입니다만, 우리의 조상들은 똥에서도 오줌에서도 토사물에서도 모두 '신성함'을 느꼈다는 말이겠죠.

하기야 똥이든 오줌이든 토사물이든, 몸의 중요한 기능 때문에 생겨나는 것들이긴 합니다. 에도 시대에는 오물을 중시해, 똥뿐 아니라 머리카락과 손톱까지 비료로 완전 재활용을 했다는군요.

자 그럼 이제, 마지막 거물 게스트를 모셔볼까요?

"안녕하세요. 야소마가츠히노 가미입니다. 아직 절 잘 모르시죠? 이번 기회에 제 이름을 꼭 좀 기억해주세요. 많은 성원 부탁드릴게요~"

이 신이 무슨 신인고 하니, 바로 재난의 신입니다.

우리의 조상들은 재난까지도 신이 일으킨다고 생각했습니다. 재난이 일어나면 사람들은 앞으로 나아갈 수 없게 됩니다. 좌우로도 갈 곳을 잃고 맙니다. 그렇기에 유일하게 남아 있는 길, 하늘로 뛰어오를 수밖에 없습니다. 다시 말해 재난은 한 단계 상승할 수 있는 계기가 됩니다. '전화위복'이란 그런 뜻이겠지요.

재난도 신이고
가난도 신이고
역병도 신이고
모든 것이 신입니다.

우리의 조상들은 모든 것에 대해 신성함을 느꼈습니다. 그래서 이건 옳다 저건 그르다는 기준으로 사람들을 판단하지 않고, 어떤 것에서든 신성한 것을 찾아냈습니다. 옳고 그름으로 사람을 판단하지 않았기 때문에 다툼이 적었습니다.

조몬 시대 1만 년 동안에는 사람들이 다툰 흔적이 없다고 합니다. 수천 개의 유적이 발견되었지만, 머리에 화살촉이 박혀 있는 인골은 한 번도 발견된 적이 없습니다.

인류사란 전쟁의 역사라 해도 과언이 아닙니다.

오늘날에도 어디선가 끊임없이 전쟁이 일어나고 있습니다.

하지만 조몬 시대와 관련해서는 살상의 흔적을 거의 찾아볼 수 없습니다. 채집과 수렵을 위한 도구는 있어도 사람을 죽이기 위한 무기는 출토되지 않습니다. 조개껍데기로 만든 팔찌라든가 귀걸이 같은 장식품이 출토될 뿐입니다.

구마모토에 있는 헤이타테 신궁에 참배를 하러 갔을 때, 사제인 간누시가 이런 말을 하더군요.

"우리가 소중히 지켜온 지혜인 '신도'에는 없는 게 있습니다. 다른 종교에서는 상상조차 할 수 없는, 그런 결정적인 게 없죠. 그게 뭘까요?"

뭐라 생각하시나요?

바로 '교리'입니다.

교리가 없는 종교라니, 달리 떠오르는 종교가 있나요?

교리가 없기 때문에 상대를 재단하지 않습니다. 반목 없이 상대방에 맞출 수 있습니다. 교리가 없다는 건, 교리를 지키지 않았을 때 떨어질 지옥도 없다는 뜻. 지옥이 없으니 구세주도 필요 없지요. 구세주가 없어도 한 사람 한 사람이, 자기 안에 있는 지혜와

이어질 수 있다고 생각했습니다.

교리도 없고 구세주도 없고. 그런 건 종교가 아니죠. (웃음)

그렇습니다, '신도'는 종교가 아닙니다.

종교가 아니라 '생활'이었던 것입니다.

"그럼 교리가 없는 대신 무엇이 있었다고 생각하세요?"

간누시의 말은 아직 끝난 게 아니었습니다.

"아름다운가 아름답지 않은가로 판단하는 감성이 있었습니다."

그게 대답이었습니다.

"그 행위는 아름다운가?"

그게 생활의 본질이었던 것입니다.

돈을 빌릴 때 보통 차용증에는 기일이 언제고 그때까지 못 갚으면 이자가 어떻고 그런 걸 쓰기 마련이죠. 그런데 에도 시대에 주고받은 종이에는 이렇게 쓰여 있었답니다.

"기일까지 못 갚으면, 나를 비웃어도 좋소."

빚을 갚지 않고 도망가는 것은 그야말로 못난 행위입니다. 아주 멋이 없는 거죠. 당시엔 아름답지 않은 삶이 최고로 부끄러운 일이라고 여겼기 때문에 이 한마디에 약속을 지켰던 겁니다.

과거 우리가 소중히 여겼던 룰, 그 판단 기준은 아름다운가 아름답지 못한가, 그것이었습니다. 그야말로 미학이지요.

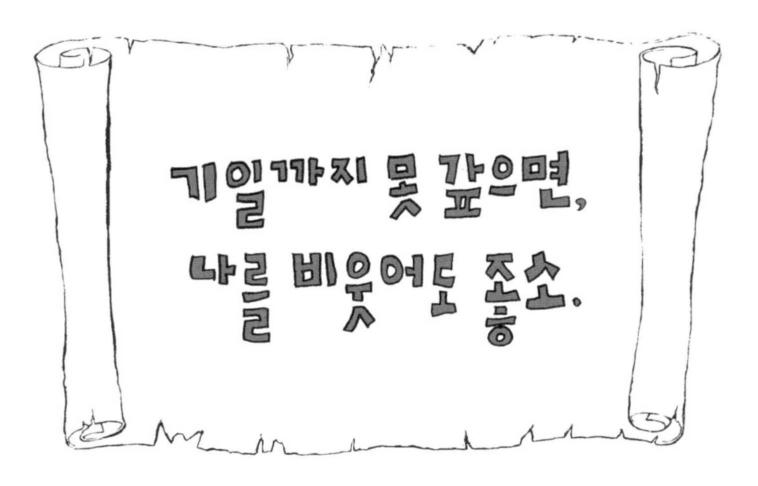

모든 전쟁은 "나는 옳고 너는 틀리다"고 주장하기 때문에 일어납니다. 옳음을 기준으로 삼는 한, 전쟁은 영원히 끝나지 않습니다. 그러니 아름다움을 기준으로, 어떤 상대든 상대방에게서 성스러운 것을 발견할 수 있다면, 분명 세상은, 인류는, 평화를 맞이하게 될 것입니다. 옳고 그름으로 다투는 시대를 종식시키고, 아름다움으로 서로를 매료하는 시대를 만들어가야 할 사명이 우리에게는 있습니다.

얼마나 단순하고 얼마나 아름답습니까.
아름다운가,
살아가는 기준이 그것뿐이라니.

The Mission

'이렇게 해야 한다' '이렇게 되어야 한다' '이래야 한다' '이게 옳다'
당신이 그렇게 믿는 것들을 적어보세요.
그리고 정말 그래야 하는지 의문을 가져보세요.
아름다움을 기준으로 생각해보아도
역시 그런가요?

예수 그리스도에게 배우는 룰

/

이웃을 사랑한다

프로필에 '작가, 천재 카피라이터'라고 적고 마는 저, 히스이 고타로가 언젠가 꼭 쓰러뜨리고 싶은 상대가 있습니다.

책을 쓰는 게 제 일입니다만, 책이란 게 하루에 200권이나 새로 나옵니다. 연간 7만 권 이상의 책이 출판되는 거죠. 까딱하다간 서점에 놓이지도 못하는 상황이 벌어집니다. 이런 극심한 경쟁 속에서 2000년 이상 살아남은 책이 있습니다.

바로 성서입니다.

예수. 그렇습니다.

히스이 고타로의 라이벌은 바로 예수 그리스도입니다! (웃음)

이야기를 묘사하는 게 '소설가小說家'라면 우주의 진리를 묘사하고 진리를 상식으로 만드는 게 '대설가大說家'.

저는 대설가를 꿈꿉니다. 꿈은 자유니까 이해해주세요. (웃음)

성서나 예수 관련 책들은 어느 서점에 가든 놓여 있습니다. 아니, 서점뿐 아니라 호텔 서랍에 놓여 있기도 합니다. 그럴 땐 얼마나 분한지요. '왜 내 책은 여기 없을까?' 그런 마음에 속이 뒤집힐 지경입니다. (웃음)

2000년 넘게 살아남는다는 건, 분명 엄청난 일입니다.

왜 이렇게 대대손손 이어져 내려오는 걸까요?

이 세상을 관통하는 진리가 들어 있기 때문이 아니겠습니까?

그럼 그 진리란 무엇인가.

성서 안에 반복되어 나오는 구절에 그 해답이 있습니다.

"네 이웃을 사랑하라."

실은 쓰러뜨리고 싶은 사람이 한 명 더 있습니다.

기원전 551년에 태어난 공자입니다.

공자는 2500년도 더 전에 태어난 사람입니다. 그런데도 역시 어느 서점을 가나 공자의 가르침인 『논어』가 놓여 있습니다. 얼마나 분한지, 그 책 위에 제 책을 올려놓고 나올까 싶을 때도 있습니다. (웃음)

요즘은 베스트셀러가 된다 해도 1년이나 살아남을까 말까인데 『논어』는 2500년이나 사람들이 읽고 또 읽습니다. 역시 공자가 한 말들에도 진리가 담겨 있기 때문이겠지요. 아 그러고 보니, 진리가 담겨 있지 않은데도 2500년이나 살아남는다면 그거야말로 엄청난 일이겠군요. 그 편이 더 놀랍겠어요! (웃음)

자, 그럼 공자는 무슨 말을 했는가.

자공이라는 제자가 있었는데, 그 제자가 공자에게 물었습니다.

"스승님, 평생 그 하나만 따르더라도 올바른 삶을 살아갈 수 있는 말이 있다면, 그게 무엇이겠습니까?"

공자는 이 질문에 이렇게 답합니다.

"서恕이지 않겠느냐."

"'서'란 무엇입니까?"

"자기가 원하지 않는 일을 남에게 하지 말라, 그것이 서이다."

'서'란 당하기 싫은 일은 하지도 말라는 것. 자기와 남을 똑같이 생각하는 것이야말로 인생에서 가장 중요하다고, 2500년 전의 공자가 우리에게 말합니다.

예수의 〈산상 설교〉에서 가장 중요한 가르침 또한 이것과 맥락이 닿아 있습니다.

"그러므로 너희는 무엇이든지, 남에게 대접받고자 하는 대로, 남을 대접하여라."

공자가 제일 하고 싶었던 말과 같은 말입니다. 의미는 같은데, 예수가 정면으로 돌파했다면, 공자는 후면으로 공격했다고 할 수 있겠죠.

2000년 이상 이어져오며 성자들이 전하는 진리란, 다시 말해 타인을 자기처럼 여기고 소중히 하라는 것입니다.

자신을 소중히 하듯이 눈앞의 다른 사람을 소중히 여긴다.

이것이 성자들이 도달한 공통된 진리, 인류에게 행복을 주는 절대적 룰입니다.

당신=나

우리는 한 그루 나무의 나뭇잎 같은 존재입니다.

이 잎과 저 잎은 분명 다릅니다. 하지만 둘 다 같은 한 그루의 나무입니다.

같은 한 그루의 나무이기에 눈앞의 타인을 소중히 하는 것은 자신을 소중히 하는 것과 다르지 않습니다.

"모두는 연결된 '같은 존재'이다."

이것이야말로 성자들이 반드시 도달하는 우주의 룰[진리]입니다.

일본의 대표적인 심리학자 가와이 하야오 씨는 이렇게 말한 바 있습니다.

"모두들 '꽃이 존재한다'고 하지만, 그게 아닙니다. '존재가 꽃하는 것'입니다."

이즈츠 도시히코 씨의 『의식과 본질』에 나오는 구절입니다.

히스이 고타로가 존재하는 게 아니라, 존재가 히스이 고타로하고 있는 것입니다.

당신이 존재하는 게 아니라, 존재가 당신하고 있는 것입니다.

한 사람 한 사람 생명은 나뉘어 있습니다만, '존재'는 단 하나로, 모두 이어져 있다는 발상입니다.

이 파도와 저 파도는 분명 크기가 다릅니다. 하지만, 모두 같은 바다입니다.

마지막으로 제 이야기를 해보겠습니다.

책이 팔리지 않는 시대라고 합니다만, 첫 책인 『3초면 행복해지는 명언 테라피』를 비롯해 저의 책 네 권이 연속 베스트셀러가 되었습니다. 신인이 네 권 연속 베스트셀러라니 엄청난 행운아라고 생각합니다만, 저는 이 행운이 어디서 왔는지 알 것 같습니다.

십사 년 전쯤 일입니다. 저는 아직 작가가 되고 싶다는 꿈조차 꾸지 못하는 평범한 회사원이었습니다. 어느 세미나 간담회 자리에서 청소회사를 운영하는 가미데 마사키라는 분을 만났습니다. 그는 회사를 반짝반짝 윤이 나게 청소하면 이상하게도 회사 내 인간관계가 변하고, 매출이 올라가기도 한다는 말을 했습니다. 그 말을 들으니 왠지 가슴이 두근거리면서 "그거 책으로 쓰면 어떨까요? 저 같으면 읽고 싶을 텐데" 하고 말했더니 "우리도 그러고 싶은데 출판사에서 거절당했어요" 하더군요.

지금이야 청소 관련 서적들이 베스트셀러가 되기도 하는 시대입니다만, 그때만 해도 청소로 인간관계가 좋아진다는 말을 들으면 어느 출판사든 비과학적이라며 상대해주지 않았습니다.

하지만 저는 그걸 반드시 책으로 읽고 싶다는 마음에 제가 출판사에 영업을 하러 다니겠다고 자청했습니다. 당시 저는 평범한 샐러리맨이었을 뿐 출판업계에 몸담고 있었던 것은 아닙니다만, 기획서를 만들어 출판사를 찾아다녔습니다. 그저 그 책을 읽고 싶다는 열의에서 비롯된 일이었습니다. 그런데 운 좋게도 책을 내주겠다는 출판사가 나타났습니다. 그리고 『꿈을 이뤄주는 청소의 힘』은 시리즈 누적 200만 부가 판매되었습니다. 이때부터 청소 붐, 정리기술 붐이 시작된 겁니다.

그 몇 년 후, 다른 출판사에서였지만 저 역시 책을 내게 되었습니다. 데뷔 작품부터 네 권이 연속 베스트셀러가 되었고요. 정말 운이 좋은 게 틀림없습니다만, 저는 이 운을 『청소의 힘』의 저자, 마스다 미츠히로 씨, 그리고 가미데 마사키 씨에게 받은 것이라고 남몰래 확신하고 있습니다. 그들을 응원하는 형태로 세상에 던진 무언가가 내게 되돌아온 것이라고 말입니다. 내가 세상에 던지는 것이 내가 받게 될 그것입니다. '나'와 '당신'은 이어져 있으니까요.

『아메리칸 인디언의 성스러운 말』에는 이런 구절이 있습니다.

"당신은 알고 있는가.
당신과 내가 같은 공기를 마시고 있다는 것을.
그리고 그것으로 우리는 하나라는 것을."

우리는
'혼자[Alone]'가 아닙니다.
'모두 하나[All one]'입니다.

그래서 타인에게 하는 행위는 내게 하는 행위와 같습니다.
나는 당신이며, 당신은 나입니다.
이 얼마나 멋진 세계인가요.
서로 이어진, 이 세계에 박수를.

The Mission

당신의 눈앞에 나타나는 사람은
모두 당신의 파편입니다.
싫어하는 사람이 있다면
과거의 자기라고 생각하고 보다 따뜻하게 대해봅시다.
대단해 보이는 사람이 있다면
미래의 자기라고 생각하고 겸허히 배워봅시다.
모두 다 이어져 있는
같은 존재니까요.

혼다 창업자에게 배우는 룰

/

단 한 사람을 기쁘게 한다

단 한 사람, 사랑하는 아내를 위해 만들었을 뿐인데, 결과적으로 6000만 명을 기쁘게 하다.

사상 최강의 오토바이라는 별명을 가진 '슈퍼 커브'의 이야기입니다.

전 세계에서 사랑받으며 시리즈 생산 6000만 대를 돌파한 혼다의 오토바이. 이 오토바이는 어떻게 세상에 나오게 되었을까요?

어느 날, 자전거를 타고 멀리까지 장 보러 나가는 아내를 보고 혼다 소이치로는 생각합니다. '고생이네. 좀 편히 장을 볼 수 있으면 좋을 텐데…… 그렇지! 자전거에 엔진을 달면 장보기가 훨씬 편해질 거야!' 그러고 자전거에 보조엔진을 단 것이 '커브'의 시작이었습니다.

'커브'는 아내를 위한 마음에서 태어난 오토바이입니다.

출발이 아내를 위해서였기 때문에 여자들이 타기 쉽도록 조작법을 간단하게 만들었습니다. 당시 여자들은 몸뻬를 입었기 때문에, 여자들이 탈 때 몸뻬의 넓은 바지통에 기름이 묻지 않도록 개량을 거듭했습니다. 경제적인 면도 고려해 연비 절약 문제도 해결했습니다. 모두 '아내가 좀 더 편해졌으면' 하는 바람에서 시작되었습니다.

혼다 소이치로의 룰은 '다른 사람이 기뻐하는 것, 다른 사람이 행복해지는 것을 만든다!'입니다. 그는 무엇을 만들든, 늘 이 점을 가장 중심에 두었다고 합니다.

단 한 사람을 위해 만든 것이 지금 전 세계에서 쓰이는 또 다른 예로, 수술 장갑이 있습니다. 의사가 수술을 할 때 쓰는 얇은 장갑 말입니다. 원래 외과수술은 맨손으로 했었습니다. 그러나 맨

손으로 수술하게 되면, 그때마다 강력한 소독약으로 손을 씻어야 했습니다. 그래서 당시 간호사들은 손이 무척 거칠었습니다.

외과의였던 윌리엄 할스테드는 같은 병원 간호사였던 캐럴라인 햄프턴에게 사랑을 느끼고 있었습니다. 그런데 그녀의 손도 예외 없이 강한 소독약 때문에 거칠어져 있었지요. 피부가 약해서 곧잘 염증을 일으키곤 했습니다.

'그녀의 손을 지켜주고 싶다.'

윌리엄 할스테드는 얇은 고무장갑의 제작을 의뢰해, 그것을 그녀에게 선물했습니다. 하지만 아쉽게도 사랑의 선물은 사용되지 못했습니다. "그런 거 필요 없어요!" 하고 거절당했다는 소리가 아닙니다. 그녀가 장갑을 선물받고 바로 일을 그만두었기 때문입니다. 그와 결혼했거든요!

덧붙이자면 세계 최초로 무농약 사과 재배에 성공하여 영화화되기도 했던 『기적의 사과』의 기무라 아키노리 씨 역시 아내가 계기였습니다. 농약 때문에 피부에 염증이 생기는 아내를 위해, 십 년 세월을 쏟아부어 무농약 사과 재배를 성공시켰지요.

사랑하는 사람을 위해.

그 마음이야말로 최강입니다.
사랑이야말로, 인간의 가능성의 문을 여는 열쇠입니다.
사랑이 이 땅을, 이 별을 진화시켜왔습니다.
사랑은 앞으로도 계속 그럴 것입니다.

마지막으로 다시 한 번 혼다 소이치로의 이야기로 돌아가겠습니다. 소이치로는 어렸을 때부터 아버지에게 곧잘 이런 말을 들었다고 합니다.

"소이치로, 세상에서 제일 중요한 건 돈도 아니고 지위도 아니야. 다른 사람에게 폐를 끼치지 않는 것. 그게 제일 중요한 거야."

소이치로는 마지막까지 아버지 말씀을 지켰습니다. 1991년 8월 5일, 수많은 전설을 남기고 숨을 거두었습니다만, 그는 장례식을 생략했습니다. 생전에 이렇게 말해두었기 때문입니다.

"자동차 만들던 사람이 떠들썩하게 장례식을 치르느라 교통체증을 일으키는 어리석은 짓은 피하고 싶어. 이제 곧 죽을 때가 올 텐데 아무것도 하지 말아주게."

"다른 사람에게 폐를 끼치지 않는 것. 이게 제일 중요한 거야." 소이치로는 아버지와의 이 약속을 끝까지 지켰던 것입니다. 그런 그가 죽기 이틀 전 아내에게 부탁을 했습니다. "나를 업고 병실 안을 좀 걸어 다녀줘요." 아내는 링거를 꽂은 그를 업고 병실 안을 천천히 걸었다고 합니다. "만족해." 소이치로는 아내에게 이 말을 남기고 저세상으로 떠났습니다.

"아내한텐 정말 면목이 없어." 이것이 그의 입버릇이었습니다. 제[히스이] 추측입니다만, 그는 아내에게만큼은 폐를 엄청나게 끼쳤던 게 아닐까 생각해봅니다. 그는 죽기 전, 아내에게 "당신이 내 인생을 계속 업어 여기까지 와주었어"라고 전하고 싶었던 건 아닐까요? 내가 여기까지 올 수 있었던 것은 당신에게 업혀 있었던 덕분이라고.

죽은 다음에도 다른 사람에게는 폐를 끼치고 싶지 않다고 했던 남자가, 유일하게 폐를 끼칠 수 있었던 사람. 그것이 아내라는 존재가 아니었을까요? 죽기 이틀 전, 병실에서 아내에게 업혔을 때, 혼다 소이치로는 온몸으로 아내에게 고맙다는 말을 하고 싶었는지도 모릅니다.

The Mission

단 한 사람이라도 좋습니다.
어떤 사소한 것이어도 좋습니다.
소중한 사람을 행복하게 해주기 위해,
지금 할 수 있는 일부터 시작합시다.
자, 무엇부터가 좋을까요?

탤런트 도코로 조지에게 배우는 룰

/

가족과의 식사를 최우선으로 삼는다

"아이와 배우자, 누구를 더 사랑하고 누가 더 소중합니까?"

이런 질문을 받는다면 당신은 어떻게 대답할까요?

'이상적인 선배' '이상적인 아버지' 순위에서 반드시 상위권에 들어가는 탤런트, 도코로 조지 씨는 이렇게 대답합니다.

"그야 물론 제 아내죠."

아이와 부모는 혈연지간이지만 아내는 타인입니다. '피'가 소중한 건 당연한 거고, 그렇다면 세상에서 제일 소중하고 사랑하는 사람은 아내라는 말입니다.

"저는 제가 선택한 타인인 아내와 평생 함께할 겁니다.

제가 아내와 결혼한 건 아내의 웃음을 오랫동안 지켜보고 싶어서입니다. 지금 아내를 웃게 하지 못한다면 웃게 하지 못한 제가 전부 나쁜 겁니다."

한 치의 수줍음도 없이 이렇게 당당히 말하는 도코로 조지 씨. 감동적이군요. 도코로 씨의 말을 들으면서 저, 히스이 고타로는 계속 반성하고 있습니다.

그럼 또 하나 질문을 해볼까요? 엄청나게 집중하고 있을 때, 아내가 "여보, 식사해요" 하고 부른다면 당신은 어떻게 하나요?

① "응, 갈게" 하고 대충 대답한 뒤, 하던 일을 마저 끝내고 식사를 하러 간다.

② 하던 일을 멈추고 바로 식사하러 간다.

③ 아내가 부르는 소리가 들리지 않는다.

②를 고른 당신. 그런 당신이라면, 미들 네임에 '조지'를 붙일 자격이 충분하군요! (웃음)

도코로 씨는 위층에서 에어건 같은 것을 만지고 있을 때라도 "아빠, 식사하세요" 하는 소리가 들리면, 바로 그 일을 그만두고 아래층으로 내려가 함께 식사를 한다고 합니다. "조금만 기다려. 이것만 하고" 같은 말은 절대 하지 않는다는군요. 좋아하는 일을 할 때라도 가족과 식사를 하는 게 훨씬 중요하니까요.

좋아하는 일을 하는 중이라 해도 가족과 식사를 해야 할 땐 그게 더 우선이다, 그런 마음가짐이 중요합니다. "이거 다 끝내고", 한 사람이 그렇게 말하면 가족 모두가 그렇게 말하게 됩니다. "게임 다 끝나고." 아이들이 서슴없이 그렇게 말하게 되지요. 누군가 앞장서서 룰을 지키지 않았기 때문입니다. 그건 해서는 안 되는 일이라고 도코로 씨는 말합니다. 아니, 해서는 안 된다기보다 그렇게 하다보면 아주 시시한 가족이 되어버린다고, 도코로 씨는 그렇게 생각한다는군요. ③을 선택한 히스이는 반성할 수밖에요.

도코로 씨의 가족애를 쓴 김에, 마지막으로 제 아버지의 마이룰도 써볼까 합니다. 제 아버지는 엄격하셔서 어린 저에겐 무척 어려운 분이셨습니다. 쓸데없는 말은 전혀 하지 않는, 매우 과묵한 분이셨죠. 그래서 아버지가 어떤 사람인지 어렸을 땐 잘 알 수가 없었어요. 지금도 사실 그렇습니다. 아버지는 여전히 과묵하시니까요.

칭찬받은 기억도 없습니다. 작가로 데뷔했을 때도 딱히 칭찬하는 말씀을 하지 않았습니다. 그런데 한 가지 알게 된 게 있습니다. 고향집에 갈 때마다, 제 구두가 반짝반짝 닦여 있는 걸 요즘에야 깨달았습니다. 어머니에게 여쭤보았더니 제가 집에 갈 때마다 매일 아침 아버지가 닦아주셨다고 하더군요.

세상에나, 전 이십 년이나 그걸 모르고 살았습니다.

아버지는 그런 말씀을 전혀 하지 않았으니까요.

'아들이 일어나기 전에 아들의 구두를 닦는다.'

그게 제 아버지가 이십 년에 걸쳐 무언으로 실천하신 마이 룰입니다.

아버지는 어떤 마음으로 매일 아침 제 구두를 닦으셨을까요?

어느 날 아버지에게 조심스럽게 여쭤보았지요.

"내가 할 수 있는 일이라곤 그것밖에 없으니까."

아버지는 조용히 그렇게 중얼거렸습니다.

역시 참, 서투른 분이십니다.

표현이 서투른 아버지는 저를 직접 칭찬하는 게 아니라, 구두를 통해 제게 사랑을 쏟아주셨습니다. 이십 년 동안, 단 한 번도 말은 하지 않고.

아버지가 닦아주신 그 구두로, 저는 이 세상을 조금이나마 좋은 세상으로 바꿀 수 있도록, 다시 한 발 내딛겠습니다.

자, 다녀오겠습니다.

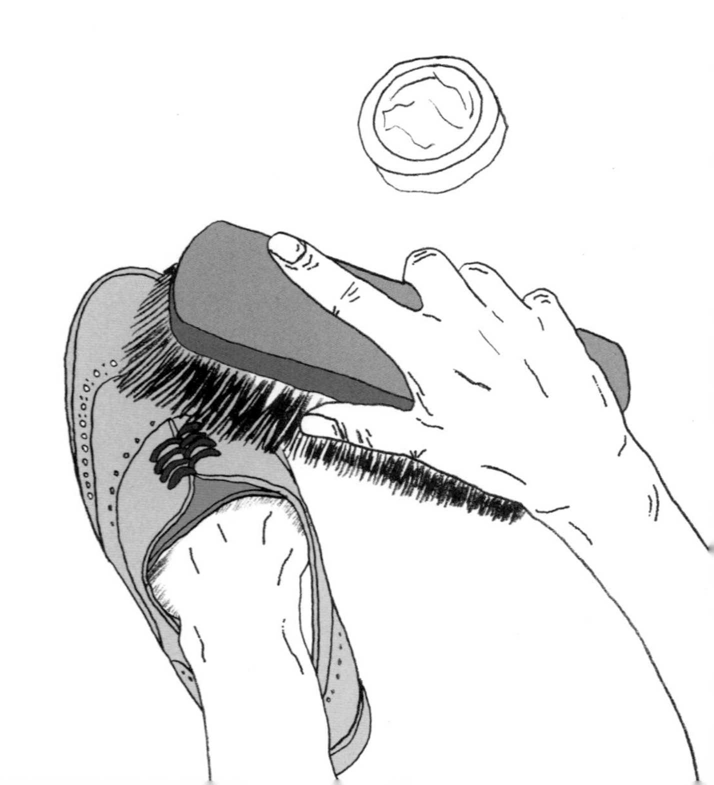

The Mission

당신이 인생을 걸고 소중히 여기고 싶은 사람은 누구입니까?
그 사람과의 시간을 보다 소중히 하기 위해,
당신은 무엇을 할 수 있습니까?
그것을 위해 어떤 룰을 만들겠습니까?

시인에게 배우는 룰

/

돌고래를 보지 않는다!

"이 책을 나에게 바칩니다."

시인 산다이메 우오타케 하마다 시게오의 시집은 반드시 이렇게 시작됩니다.

그리고 이런 시들이 이어집니다.

실물

나는 내 실물이라는 것에 긍지를 갖고 살고 있다.

–『네가 전 남자친구와 한 키스의 회수를 난 사흘이면 넘길 거야』

답

이 세상은 무엇인가 하고 물으면

“이 세상은 나”라고

나는 대답한다.

저 세상은 무엇인가 하고 물으면

“저 세상도 나”라고

나는 대답한다.

나란 무엇인가 하고 물으면

“나야말로 나지”라고

나는 대답한다.

–『살아온 지 백 년 정도면 자만하고 살아주지』

이것만으로도 이미 알 수 있겠죠?

그렇습니다. 산다이메 우오타케 하마다 시게오 씨는 자기를 우러르는 작품만 쓰는 시인입니다.

출판된 시집, 에세이는 서른 권을 훌쩍 넘깁니다. 하지만 시집만 내는 시인이 아닙니다.

시를 낭독하기 위해, 후지 록 페스티벌과 라이징 선 록 페스티벌을 비롯한 수많은 페스티벌에서 오로지 혼자, 악기도 들지 않고 맨몸으로 출연해서는, 스탠드 마이크 하나로 자신을 우러르는 시를 낭독하며 장내를 압도하는 전설적인 시인입니다.

제가 기획하는 페스티벌 '여행 축제'에도 몇 번이나 출연해주었는데, 정말 매번 놀랍니다. 마이크를 손에 잡고 무대에 뛰어올라 사십 분에 걸쳐 펼치는 그의 낭독은 그 목소리만으로 이미 록이나 펑크의 라이브 무대에 비견될 만합니다. 팬들뿐 아니라, 처음 보는 청중들까지 끌어들이면서 열기와 폭소와 감동의 소용돌이로 몰아갑니다.

우오타케 씨의 '나'라는 것에 대한 고집은 예사롭지 않습니다.

"나는 있지, '나' 하면 '우오타케', 하고 떠올리는 그런 존재가 될 거야."

만난 지 얼마 안 되었을 때, 우오타케 씨가 그렇게 말한 대로, '나'를 관철시키는 그의 창작 활동의 샘은 마를 날이 없습니다.

제가 가장 많이 놀랐고 제일 좋아하는 '나'의 작품은 2003년 1월 8일, 17시부터 23시까지, 후쿠오카에서 일어난 '사건'입니다.

우오타케 씨는 후쿠오카 시호크 호텔의 한쪽 면을 모조리 전세 내어(객실 564개) 거대 글자의 일루미네이션을 만들어냈습니다.

작품명은 〈시 「1나俺」 일루미네이션 빌딩〉.

놀랍지 않습니까? 아무런 예고도 없이 떠오른 '나俺'란 글자에, 후쿠오카 전역이 소란스러워졌다고도, 아니라고도 한다지요. 우오타케 씨 혼자서 호텔 측을 설득했다는데, 이걸 생각해내고 실현시키기까지 걸린 기간은 겨우 2주! 그야말로 우오타케 씨의 행동력과 스케일, 실행력과 스피드, 실천력과 대단함을 상징하는 작품이라고 할 수 있습니다.

또 하나, 놀랄 만한 '나'의 전설이 있습니다.

편집자 생활 삼 년 차에 접어든 어느 날, 저는 오모테산도 아오야마 북센터 본점에서 기묘한 책 한 권을 발견했습니다. 새카만 상자에 든 두꺼운 책이었는데 들어보니 무척 무거웠습니다. 가까이 있는 설명 표지를 보고 깜짝 놀랐습니다.

저자는 시인 산다이메 우오타케 하마다 시게오.

책 제목은 『21191 나』.

608페이지에 '나'라는 글자만 21,191개 쓰인 책이었습니다.

나. 그것 이외에는 아무것도 쓰이지 않은 시집.

더군다나 표지에는 2밀리 두께의 스테인리스가, 앞뒤 한 장씩 끼워져 있었습니다. 약 1.4킬로그램. 비정상적인 무게의 정체는 바로 이것이었습니다.

그리고 가격이 1만 엔. 1500부 한정으로, 자필 사인이 되어 있고 시리얼 넘버가 적혀 있었습니다.

이십 대 초반이라 저로선 그 책을 살 여건이 안 되었지만, '대체 이런 책을 뭘 위해 만든 거지? 정말 엄청난 사람이군' 하고 정신없이 놀랐던 기억이 납니다. 무얼 위해 만들었는가. 그걸 우오타케 씨와 오래 알고 지낸 지금은 알 수 있습니다.

그건…… 무엇을 위한 것도 아닙니다.

그저 만들고 싶어서 만들었을 뿐.

그뿐입니다. (웃음)

저는 래퍼인 가쿠-엠씨와 함께 『오늘밤 세상이 끝난다면』이라는 책을 만든 적이 있습니다. '이 세상이 오늘밤 끝난다면 무엇을 할 것인가?'라는 질문을 사람들에게 던지고 그들이 가장 소중히 여기는 것, 그들의 마음 한가운데 있는 것을 또렷하게 드러낸다는 취지의 책이었습니다. 우오타케 씨도 인터뷰에 응해주셨는데, 그 인터뷰 자리에서 우오타케 씨는 인생을 이렇게 표현했습니다.

"사람은 이 세상에 각자의 목숨을 울려, 단 하나의 곡을 연주하기 위해 태어나는 거야. 목숨으로 울리는 자기만의 무엇. 인생이 끝날 때는 엔딩 곡이 될 테지. 기타처럼 목숨을 자자장 울리며 연주하는 그 곡에 긍지를 가져야 해. 뜻을 품어야 하고. 매일 목숨을 울리는 목숨의 연주자. 어디선가 들어본 것 같은 곡을 연주할 필요는 없어. 자기만의 한 곡을 연주하면 되는 거야."

그리고 이렇게 덧붙였습니다.

"나는 '나'라는 것만 생각하고 살아왔어. 한 가지만 연구하는 박사처럼. '나'라는 것만 추구해온, 유일한 '나'의 프로라고 할 수 있을지도 모르겠군."

그렇습니다. 우오타케 씨는 그저 '나'를 끝까지 추구하는, 유일무이한 프로였습니다.

그렇습니다, '프로 나'입니다.

조목별로 나눠도 좋으니, 재미있지 않아도 좋으니, 종이에 자기가 어떤 사람인지 써봅시다. 평범한 사람은 원고지 1000장 분량은 쓸 수 없겠지요. 100장도 어려울지 모르겠습니다. 하지만 우오타케 씨는 "만 장쯤 쓰는 건 식은 죽 먹기"라고 합니다. 좋을 때든 나쁠 때든 '나'와 대면하고 '나'와 대화해왔기 때문이지요.

가장 중요한 룰은 언제나 나=산다이메 우오타케 하마다 시게오일 것.

그래서 조심하는 게 많다고 합니다.

우선 "위대한 대자연을 가급적 보지 않고 지내려고 노력한다"고 합니다.

"대자연에 비하면 내가 얼마나 작은 존재인지 따윈 알고 싶지 않으니까!"

돌고래도 보지 않으려고 한다는군요.

"돌고래, 귀여워~ 하는 마음에 투지가 사라질 것 같으니까!"

'나'를 추구할 때, 돌고래의 위안 같은 것은 필요 없다고 합니다.

그래서 우오타케 씨는 바비큐 파티도 하지 않고 친구와 전골 파티 같은 것도 하지 않습니다. 따스한 분위기가 흐르는 곳에도 가지 않는다고 합니다.

"위안을 얻어서 내 속의 독을 옅게 만들고 싶지 않으니까!"

돌고래가 귀여운 건 안다. 위안을 얻고 웃게 될 것도 안다.
하지만 그것보다 나의 '독'을 소중히 여기며 살아가고 싶다.
그것이 '나'의 시인, 산다이메 우오타케 하마다 시게오입니다.

"우오타케 씨, 나를 추구하는 프로라는 건 참 힘든 거네요."
그렇게 말하자 우오타케 씨는 말했습니다.
"나는 나에게서 물러서지 않을 거야. 절대로."

이렇게까지 자신을 추구하는 사람을 보고 있노라면 오히려 상쾌해지는 느낌입니다. 하나를 철저히, 완벽히 사랑한다면 거기엔 힘이 깃들게 됩니다. 그리고 그 힘은 사람의 마음을 움직입니다. 그것이 비록 '나'라고 할지라도.

최근에 우오타케 씨가 신작을 보여주었습니다.
"그때 얘기했던 걸 시로 써봤어."

알아채더라도 나는 모르는 척하겠습니다.

나는 대자연보다 내가 더 위대하다고 생각합니다.
그래서, 만약, 만일에 말입니다,
대자연의 위대함에 비하면 인간 따위,
아주 작은 존재라는 것,

비록, 만약, 어쩌다 알아챈다 하더라도

미리 말해두겠습니다만,

나는 절대로 모르는 척하렵니다.

나는 절대로 모르는 척할 거예요.

미안하지만 나는,

죽을 때까지 계속 모르는 척하렵니다.

왜냐하면,

그래야,

평생 꿈에서 깨는 일 없이 기분 좋게,

할 수 있는 한 가당치 않은 일들을

마구마구 해내면서 살 수 있을 것이라고,

나는 그렇게 생각하기 때문입니다.

–『나는 내 실물이라는 것에 긍지를 갖고 살고 있다』

The Mission

내가 나이기 위해, 당신은 무엇을 소중히 하겠습니까?
그리고 무엇을 버리겠습니까?
당신은 어떤 사람입니까?

My Rule

/

내 인생의 마이 룰

자, 마지막 단계입니다.

드디어, 당신 인생의 마이 룰을 만들 시간이 되었습니다.

우선 복습부터 할까요?

나에게 진정한 행복은 무엇인가, 그걸 알지 못하면 마이 룰은 생겨나지 않습니다.

자신에게 진정한 행복이 무엇인지 깨닫고, 그 행복을 실현시키기 위해 무엇을 가장 중요하게 여길 것인가를 결정하는 과정에서 생겨나는 것이 마이 룰입니다.

이미 다양한 질문을 던져보았습니다만 다시 한 번, 마지막으로 당신에게 묻겠습니다.

고층 빌딩 사이에 폭 20센티미터 철근 다리가 놓여 있습니다.
당신은 그것을 건널 수 있습니까?
건널 수 있다면, 그것은 무엇을 위해서입니까?
돈입니까?
명예입니까?
최고의 일을 하기 위해서라면 건널 수 있습니까?
꿈을 이루기 위해서라면 건널 수 있습니까?
당신은 무엇을 위해서라면 그것을 건널 수 있습니까?

그리고.

당신은 누구를 위해서라면 그 다리를 건널 수 있습니까?
사랑하는 사람을 위해서라면 건널 수 있습니까?
고객을 위해서라면 건널 수 있습니까?

'내게 진정한 행복이란 무엇인가?'

이것은 내 행복을 발견하기 위한 질문입니다.

'누구에게 어떤 존재가 되고 싶은가?'

이것은 당신이 살아 있음으로써 누구를 어떻게 행복하게 해주고 싶은지 발견하기 위한 질문입니다.

이 두 질문이 만나는 곳에, 당신이 이번 생에서 가장 소중히 여기려는 그것이 있을 것입니다.

명확히 한다는 것은 표현한다는 것입니다.

명확함은 힘입니다.

생각이 명확해지면, 행동도 명확해지기 시작합니다.

생각이 행동을, 행동이 현실을 만들어내기 때문입니다.

이제 마이 룰을 정해봅시다. 앞서 말한 두 가지 질문에 대한 답을 써보세요. 그 답을 실현하기 위해 당신은 무엇을 하면 될까요? 무엇을 소중히 하면 될까요?

당신이 소중히 하고 싶은 것을 당신의 룰로 만들어보세요.

마이 룰을 만드세요.

내 인생을 최고로 즐기기 위해.

The Mission

내 인생의
마이 룰은?

타인의 룰은 나를 구속하지만
나의 룰은 나를 자유롭게 한다

맺음말 하나

작가 히스이 고타로의 룰

/

사랑을 중심에 놓고 생각한다

관점 연구가인 저는 직업상 고민 상담을 해주는 일이 많습니다. 저는 그럴 때마다 "모든 고민의 배후에는 희망이 있고 사랑이 있다"라는 생각으로 임합니다. 고민의 배후에 있는 '희망' '사랑'을 찾는 거죠. 그게 저의 룰입니다.

"어릴 때 어머니에게서 사랑받은 기억이 없다"는 고민을 털어놓은 보육교사가 있었습니다. 어머니에게서 "사랑한다"라는 말을 듣고 싶었지만 그런 바람은 이루어지지 않았다는군요. 하지만 그녀의 이야기를 자세히 듣다보니, 지금 보육교사로서 가장 중요시하는 건 아이들에게 사랑을 표현하는 것이라고 했습니다.

저는 그녀에게 말했습니다.

"어렸을 때 어머니에게서 사랑한다는 말을 듣고 싶었지만 그 말을 듣지 못했죠. 하지만 그래서 그 말의 고마움을 당신은 세상에서 제일 잘 알고 있잖아요. 당신이 아이들에게 진심을 담아 사랑한다고 말할 수 있게 된 건 어쩌면 어머니 덕분이 아닐까요? 그런 뜻에서 어머니는 당신이 지금 하고 있는 일을 잘 해낼 수 있게 도와준 사랑의 존재가 아닐까요?"

그녀의 눈에서 눈물이 주르륵 떨어졌습니다.

사랑이 범인입니다.
사랑이 답입니다.

그녀가 어머니에 대해 느끼는 마음의 갈등은 어머니를 사랑하기 때문입니다. 사랑이 너무 커, 갈등도 커진 것입니다. 사람이 진정 고통스러운 것은 사랑받지 못해서가 아닙니다. 사랑하는 사람이 사랑을 받아주지 않았다는 것이 고통입니다. 그녀는 어머니에 대한 사랑을 깨닫고, 행복을 되찾을 수 있었습니다.

사랑이 범인입니다.
사랑이 답입니다.

어떤 분에게선 "내 본심을 모르겠다"는 상담을 받은 적도 있습니다. 저는 "당신의 잠재의식이 일부러 당신의 본심을 모르게 하는 건 아닐까요?"라고 물어보았습니다.

"지금 직장의 동료들을 좋아하니까, 힘들어도 여기서 버티겠다, 그렇게 정한 거죠. 그걸 위해 일시적으로 자기 마음의 목소리가 들리지 않게 차단한 건 아닐까요? 그만두고 싶은 마음이 빠져나오지 않게, 주위 사람들과 잘 지내기 위해, 일시적으로 본심을 차단하고 지금 직장에서 잘 해보겠다고 결심한 건 아닌가요?"

그분의 눈동자가 순식간에 붉게 물들었습니다. 본심을 모르게 된 것은, 그분이 직장을 사랑했기 때문이었습니다. "충분히 애썼으니 이제 그냥 본심의 목소리에 따르는 게 어떨까요?" 마지막에 그렇게 말해주었습니다.

저는 성격이 덜렁대는 편인데 제 아내는 깔끔한 성격이라, 저는 매일 혼나는 게 일입니다. 얼굴 하나 씻으면서도 세면대 주변에 온통 물이 튀어서 아내에게 수없이 잔소리를 듣곤 하는데, 어떤 때는 왜 그렇게 사소한 일에 일일이 화를 내냐고 성질을 부려 싸움으로 번진 적도 많았습니다. 그러던 어느 날 아내의 이야기를 깊게 듣게 되었습니다. 고개가 끄덕여지더군요. 아내의 부모님은 일을 하느라 바빴고, 그러다보니 가족 중에 청소를 하는 사람이 없어 아내는 어릴 때부터 '내가 해야지' 하는 의무감을 느꼈다고 합니다.

아내가 신경질적인 사람이라고 생각했을 때는 싸움이 끊이질 않았습니다. 하지만 그녀는 신경질적인 게 아니라, 집을 깨끗하게 유지하는 걸 소중히 여기는 사람이었습니다. 깔끔한 건 '나라도 집안일을 잘해야지' 하는 가족에 대한 사랑 때문이었습니다.

역시 사랑이 범인이었습니다.

또 어떤 분은 이런 고민을 털어놓았습니다.

"사소한 일로 남편에게 화를 내는 제 자신이 싫어요."

남편이 아이스크림 먹는 것만 봐도 화가 난다는 얘기였습니다.

"하나면 몰라도 저희 남편은 두세 개, 그 자리에서 먹거든요."

"왜 아이스크림을 몇 개나 먹는 게 그렇게 화가 나지요?"

"건강에 해롭잖아요!"

남편의 건강이 걱정되었던 것입니다.

사랑이 범인입니다.

어떤 분의 어머니는 정신병을 앓았습니다. 그런데 병원에 가려고 들질 않아 따님들이 무척 고생을 했다고 합니다. 그런데 나중에 알고 보니 그 어머니가 정신병원에 가려 하지 않은 이유는 딸들의 미래에 걸림돌이 될까 두려웠기 때문이었습니다. 그 사실을 알고, 따님들은 어머니를 껴안고 엉엉 울었다는군요.

역시, 사랑이 범인입니다.

지난번에는 제 강연에 한 시간 반가량이나 늦게 온 분에게서 이런 질문을 받았습니다.

"사무실을 막 나서는데 상사가 급하게 일을 시켜서 늦었습니다. 오는 내내 무척 화가 났습니다만, 이럴 땐 어떻게 생각하면 좋을까요?"

저는 이렇게 대답했습니다.

"그만큼 제 강연에 오고 싶었던 거겠지요. 그만큼 새로운 것을 배우고 싶은 마음이 컸다는 뜻일 테니, 참 멋진 일 아닌가요?"

닐 도널드 월시의 『신과 나눈 이야기』에 이런 얘기가 나옵니다.

아직 태어나기 전 빛의 세계에서 작은 영혼이 "용서를 체험해보고 싶다"고 합니다. 하지만 빛의 세계에는 용서할 상대가 없으니 체험할 방도가 없죠. 용서를 체험하려면 용서할 수 없는 행위를 저지를 역할이 필요합니다. 그런 악역을 그 누구도 떠맡으려 하지 않았습니다. 그때, 앞으로 나서준 영혼이 있었습니다.

"제가 할게요. 제가 당신에게 용서라는 체험을 하게 해줄게요."

작은 영혼은 그렇게 나서준 영혼에게 묻습니다.

"왜 그런 나쁜 역할을 맡아주는 건가요?"

"당신을 사랑하니까요."

그리고 이렇게 덧붙입니다.

"당신의 다음 인생에서 내가 '나쁜 사람'이 되어주고, 아주 나쁜 짓을 저질러줄게요. 그럼 당신은 용서를 체험할 수 있겠죠."

그리고 마지막으로 이렇게 말합니다.

"내가 당신을 공격하고 쓰러뜨리고 온갖 악행을 저질렀을 때, 그때, 진짜 나를 기억해주세요."

당신에게 문제를 일으키는 악역을 떠맡아준 이는 당신을 사랑한 영혼입니다.

그렇게 생각하면 싫어하는 사람의 마음속에서, 무엇보다 큰 사랑을 찾아낼 수 있습니다.

사랑이 모든 것의 중심에 있습니다.

어디에든 사랑이 숨겨져 있습니다.

그런 마음으로 상대방 마음속의 사랑을 찾는 게 제 룰입니다.

찾으려고 하는 것을 찾는 것이 이 우주의 룰이니까요.

자, 당신은 무엇을 찾고 싶은가요?

맺음말 둘

편집자 다키모토 요헤이의 룰

/

하고 싶은 일을 하면 그것으로 된다

지금 돌이켜보면 제 상황은 정말 끔찍했습니다.

아무 생각 없이 들어간 대학에는 거의 출석도 하지 않았고, 비디오 대여점에서 아르바이트를 하며 불투명한 미래를 애써 외면한 채 하루하루를 보내고 있었습니다. 그리고 취업 준비 시기는 한 발 한 발 다가왔습니다.

미래를 위해 어떻게든 취직은 해야겠고, 그런데 하고 싶은 일은 전혀 없고, 모르겠다, 그냥 큰 회사에 취직해서 월급만 많이 준다면야…… 막연히 그런 생각을 하면서 아무런 두근거림도 없이, 아니 두근거림은커녕 정체를 알 수 없는 불안에 휩싸여 취업 준비라는 커다란 흐름에 빨려 들어가고 있었습니다.

그렇게 축 처진 마음으로 고민만 하던 그때, 근처에 살던 분의 소개로 출판사 편집장이라는 사람을 만나게 되었습니다. 제가 딱히 책을 만드는 사람이 되고 싶었던 것은 아닙니다만, '뭔가 창조적인 일 같잖아! 좀 멋있잖아!' 그런 철없는 호기심에 휩쓸려 출판사로 향했습니다.

편집장은 눈을 반짝거리며 말했습니다.

"난 있지, 만들고 싶은 책을 만들어. 하고 싶은 일을 하는 거지. 일은 참 재미있는 거야."

그 말이 제 심장을 뚫고 지나갔습니다.

아, 만들고 싶은 걸 만들다니!

하고 싶은 일을 하다니!

일을 그런 식으로 생각할 수도 있는 거구나!

일은 힘들고 싫은 것. 하지만 살아가기 위해 어쩔 수 없이 해야 하는 것. 남은 대학 시절은 아마도 인생의 마지막 자유 시간. 아아, 어른이 된다는 건 정말 힘든 일이구나…… 그렇게 생각하던 당시의 내게 이 말은 무척 인상적이었습니다. 갑자기 들뜬 나는 그 자리에서 말했습니다.

"멋져요! 저도 하고 싶어요. 입사시켜주세요!"

단박에, 아니 조금 말을 자르면서 편집장이 말했습니다.

"안 돼! 신입사원 얼마 전에 채용했거든."

멋지게 한 방 먹은 (당연하지!) 나는 생각했습니다.

자, 이제 어떻게 할까.

순간 떠오르는 사람이 있었습니다. 정말 엉뚱한 사람인데…… 자서전 내려고 출판사 만든 사람! 그래 맞아, 다카하시 아유무! 그 사람 회사는 분명 '만들고 싶은 걸 만들고, 하고 싶은 걸 하는' 자유로운 곳일 거야!

저는 곧바로 다카하시 아유무가 설립한 출판사 사이트에 접속해 들어갔고, 그곳 게시판에 누군가가 올린 글을 발견했습니다.

“취업 준비생인데요, 출판사를 방문해 말씀을 좀 듣고 싶습니다만……”

저는 급한 마음에 댓글을 달았습니다.

“저도 곧 취업 준비를 시작합니다. 같이 방문해볼까요?”

이 글을 보고 출판사의 부사장이 답장을 보냈습니다.

“그렇게 대화 나누는 두 사람, 기세는 높이 사겠어! 회사 설명회를 열 테니, 둘 다 와보도록!”

지금 생각해보면 꽤 신경을 쓰신 거죠. 저였다면 무시했을 텐데. (웃음)

실은 이 출판사의 사장인 다카하시 아유무 씨는 그 무렵 이미 친구에게 회사를 넘기고 세계일주를 떠난 후였습니다. 영업을 하던 츠루마키 겐스케 씨가 대표를 맡고 완전히 새로운 시스템으로 제2기를 시작한 시점이었지요.

잔뜩 긴장한 채 설명회를 찾아갔습니다. 장소는 롯폰기의 한 카페. 취업 준비용 양복을 입은 일곱 명의 학생이 모여 있었습니다. 꿈과 기대에 부푼 우리를 향해 츠루 씨가 얘기를 꺼냈습니다.

“생크추어리 출판사는 다카하시 아유무가 설립한 출판사이고,

출간된 책에는 꿈같은 얘기가 가득 들어 있지만, 현실은 참 힘든 일이 많죠……"

츠루 씨는 회사 설명을 하는 게 아니라, 자기가 얼마나 힘들게 일하고 있는지 장광설을 펼쳐놓았습니다. 그리고 마지막에 이렇게 말하더군요.

"그런데도 이 회사에 들어오고 싶은 사람, 손 들어봐요~"

한 시간의 회사 설명고생담으로 일곱 명 중 네 명이 나가떨어지고 세 명만 손을 들었습니다. 무서운 네거티브 토크!

열을 올렸던 나는 손을 번쩍 들고 말았습니다. 그리고 후에 사무실에서 사장 면접을 보고 실제로 입사하게 되었지요. 그러나 나는 망설이고 있었습니다. 당시 생크추어리 출판사는 알려지지 않은 정말 작은 회사였거든요.

'사원이 몇 명밖에 안 되는, 어쩌면 일본에서 제일 작은 출판사. 월급도 10만 엔이라는데 아버지에게 뭐라고 말하지? 도쿄에 있는 대학까지 보내줬더니, 아무도 모르는 회사에서 일하겠다고 하면 분명 반대하실 거야. 내가 제대로 선택하긴 한 건가? 나 같은 평범한 인간이 이런 길을 선택해서 살아갈 수 있을까?'

그런 불안한 마음으로 히로시마에 있는 아버지에게 전화를 걸었습니다. 제 전화를 받고 아버지가 하신 말씀.

"하고 싶은 일을 하면 그것으로 된다."

아버지는 반대하기는커녕, 제 등을 밀어주셨습니다.
불안과 고민에 가득 찼던 마음이 한순간에 환하게 밝아졌습니다. 아직도 그때의 느낌이 생생하게 떠오릅니다.
아버지의 그 한마디가 제가 사회에 첫발을 내딛는 계기가 되었고, 더없이 중요한 마이 룰이 되었습니다.

제 인생에는 고민스러운 일들이 많았습니다. 그때마다 전 이 순간을 떠올리고 제가 의지할 저의 축을 다시금 확인했지요.
'하고 싶은 일을 하지 않으면, 지금까지 내가 선택해온 길들이 거짓이 된다.' 저는 그렇게 생각하며 제가 내미는 한 발 한 발을 늘 확인하고 있습니다.

이 책을 만들며 많은 사람들의 마이 룰을 접할 수 있었습니다. 다양한 형태의 마이 룰을 소개했습니다만, 모두에게는 공통점이

한 가지 있었습니다. 자신의 인생을, 자신의 의지를 가지고 걸어가는 사람들은 '하고 싶은 일을 한다'는 원칙을 깊이 뿌리내리고 있다는 것입니다.

아이들을 키우면서도 저는 그런 느낌을 받습니다. 매일 즐겁게 전력을 다해 사는 아이들에게는 '하고 싶은 일을 한다'는 단순하고 순수한 룰이 있습니다.

어쩌면 이것이 인생을 빛나게 해줄 가장 기본의 룰일지도 모르겠습니다.

최근에 또 하나, 제가 만들어가고 있는 룰이 있습니다.

가급적 빨리 '할 일로 결정할 것!'

할지 말지 고민만 하다보면 하지 말아야 할 이유가 기어이 떠오르고야 맙니다. 그러니 일단 할 일이라고 정해버리는 겁니다. 그러면 어떻게 해야 할지, 생각이 자연스럽게 그쪽으로 향하게 됩니다. 그다음에는 움직이면서 생각하면 됩니다.

책을 만드는 것도 그렇습니다. 어떻게 되겠지 하는 식으로는 결코 만들 수 없습니다. 만들겠다고 정하고 마감도 정해버리면 앞을 향해 움직이기 시작합니다. 빛을 볼 수 있을까 싶던 이 책도 "히스이 씨, 올해 십일 월에 내기로 정했어요" 그렇게 말했더니 단숨에 만들어졌습니다.

(네, 마감이 정해지기 전까진 좀 빈둥거리고 있었습니다. 웃음 by 히스이)

제가 기획하는 '여행 축제'를 실내 이벤트에서 야외 페스티벌로 바꿀 때도 그랬습니다. 페스티벌을 꾸려본 적도 없고 어떻게 하면 좋을지 상상조차 할 수 없었지만, 할 일로 결정하고 움직이기 시작하자 차츰 가닥이 잡혀갔습니다. 십일 년째를 맞는 올해 페스티벌에는 7000명이 모였습니다.

가마쿠라에 이사하기로 했을 때도 그랬습니다. 살 곳을 정해버리면, 어떻게 먹고살지 하는 방식도 이렇게 저렇게 정해집니다. 이제 보니, 저는 제가 너무나 좋아하는 가마쿠라에서 일주일의 반을 보내며, 일도 아주 열심히 하며 살고 있습니다.

인생의 큰 결단은 대체로 이런 식으로 내려지는 게 아닐까요?

하고 싶은 일을 한다.

그것을 위해선 '하고 싶다'가 아니라 '한다'고 결정한다.

그렇게 각오를 다지면 자연스레 모든 일이 움직이기 시작합니다.

이 책을 만들 때 아버지가 예순여덟의 나이로 돌아가셨습니다.

육십 대라고는 믿을 수 없을 만큼 정정하시고 병치레도 거의 없으셔서 십 년 이십 년은 더 버티시겠지, 그렇게 믿었는데 갑자기 떠나시고 말았습니다.

아직 은혜도 갚지 못했는데,
효도도 하지 못했는데,
그런 후회가 자꾸만 밀려옵니다.

그래도 앞을 향해 나아갈 수밖에 없습니다.
'하고 싶은 일을 하는 인생'을 착실히 밟고 걸어가며
매일을 빛내면서
하늘에 계신 아버지께 이렇게 전할 수밖에 없습니다.

아버지, 그때 해주신 말씀 덕분에, 저의 하루하루는 더없이 즐겁습니다.

제 인생은 너무나 행복합니다.

아버지, 고맙습니다.

마지막으로, 이 글을 읽는 당신에게 저의 세 마디를 남깁니다.

'당신이 하고 싶은 일은 무엇인가요?'

'그거, 하면 되잖아요.'

'그거, 언제까지 해낼 계획이지요?'

옮긴이 **김미형**
전문번역가. 제주대학교 일어일문학과 졸업. 일본 주오대학에서 석사학위와 박사학위를 받았다. 『우에노 역 공원 출구』『퇴사하겠습니다』『벚꽃이 피었다』 등을 우리말로 옮겼다.

마이 룰

초판 발행 2017년 7월 7일

지은이 히스이 고타로 · 다키모토 요헤이
옮긴이 김미형
펴낸이 김정순
편집 김이선
디자인 김진영
마케팅 김보미 임정진 전선경

펴낸곳 (주)북하우스 퍼블리셔스
브랜드 엘리
출판등록 1997년 9월 23일 제406-2003-055호
주소 04043 서울시 마포구 양화로 12길 16-9 (서교동 북앤드빌딩)
전자우편 ellelit@naver.com
블로그 blog.naver.com/ellelit
전화번호 02 3144 3123
팩스 02 3144 3121

ISBN 978-89-5605-732-3 03830

이 도서의 국립중앙도서관 출판도서목록(CIP)은 서지정보유통지원시스템 홈페이지(http://seoji.nl.go.kr)와 국가자료공동목록시스템(http://www.nl.go.kr/kolisnet)에서 이용하실 수 있습니다.(CIP제어번호: CIP2017014083)